Janne Mommsen, Jahrgang 1960, hat in seinem frü-
heren Leben als Krankenpfleger, Werftarbeiter und
Traumschiffpianist gearbeitet. Inzwischen schreibt
er überwiegend Drehbücher und Theaterstücke.
Mommsen hat in Nordfriesland gewohnt und kehrt
immer wieder dorthin zurück, um sich der Urkraft
der Gezeiten auszusetzen. Passenderweise lebt die
Familie seiner Frau seit Jahrhunderten auf der Insel Föhr. Im Rowohlt Taschenbuch Verlag erschien
bereits «Oma ihr klein Häuschen» (rororo 25409) –
der NDR urteilte: «Einfach richtig nette Sommer-
lektüre!»

«Es ist diese Leichtigkeit, die Mommsens Romane
so beliebt und lesenswert macht; er erzählt wie der
Freund von nebenan. Leichtigkeit bedeutet bei ihm
nicht Leichtgewichtigkeit, sondern leichtes Skizzie-
ren durchaus ungewöhnlicher Verhältnisse.» (Nord-
west-Zeitung)

Janne Mommsen

Ein Strandkorb für Oma

Roman

Rowohlt Taschenbuch Verlag

Originalausgabe

Veröffentlicht im Rowohlt Taschenbuch Verlag,

Reinbek bei Hamburg, Juli 2011

Copyright © 2011 by Rowohlt Verlag GmbH,

Reinbek bei Hamburg

Umschlaggestaltung any.way, Cathrin Günther

(Foto: Niko Reitze de la Maza)

Satz Plantin PostScript (InDesign) bei

Pinkuin Satz und Datentechnik, Berlin

Druck und Bindung CPI – Clausen & Bosse, Leck

Printed in Germany

ISBN 978 3 499 25686 8

Inhalt

1. Familienbande

Im Hamburger Flughafen eilen an diesem Freitagabend Dutzende Geschäftsmänner im Laufschritt durch die Tür des Sicherheitsbereiches, sie sind alle gleich gekleidet und ziehen identisch aussehendes Handgepäck hinter sich her. Hinter ihnen kommen braun gebrannte Urlauber herausgewatschelt, ganz langsam, weil ihre Ferien an der Tür endgültig beendet sind. Ein paar Edelpunker mit zerfetzten Lederjacken, großen dunklen Sonnenbrillen und teuren Alukoffern balgen beim Hinausgehen wie junge Hunde miteinander. Die Flugpassagiere werden von quietschenden Angehörigen und Freunden erwartet oder von traurig dreinblickenden Fahrern mit Schildern wie «Airbus – Mr. Chang» oder «Atlantic Hotel – Monsieur Mathieu Longuet». Erst wenn die Männer angesprochen werden, erwachen sie aus ihrer Stand-by-Position und knipsen ein Lächeln an: «Hatten Sie einen guten Flug?» Auf die Punker wartet niemand, sie eilen direkt zur gegenüberlegenen Bar und ordern auf Englisch ein «Original German Pils».

Ich stehe regungslos neben einem Pfeiler und schaue mir das alles an wie einen Film. Maria wandert unruhig vor mir auf und ab, ihre Läuferinnenbeine federn auch bei diesem langsamen Tempo immer etwas nach, als sei sie jederzeit zu einem Sprung bereit. Die dunklen Haare hat sie auf Schulterlänge gekürzt, daran muss ich mich noch gewöhnen. Sie trägt eine dunkelblaue Hose, die oben eng und unten weit geschnitten ist. Diese «Marlene-Dietrich-Hose» hat sie selber genäht, genau wie die schwarze Bluse. Was Mode anbelangt, hat Maria ihre ganz eigene Auffassung, ganz unbelastet von der jeweils aktuellen Mode mixt sie die Fünfziger mit den Siebzigern und den Neunzigern; was es nicht von der Stange gibt, näht sie selbst.

Ihre braunen Augen senden klare Signale: Ich will hier weg!

Schließlich bleibt sie vor mir stehen und lehnt sich bei mir an. Automatisch wie bei einem Industrieroboter greifen meine Arme von hinten um sie, meine Nase passt perfekt in den Spalt hinter ihrem rechten Ohr, wo ich eine leichte Note Amber inhaliere. Die vermischt sich mit dem vertrauten Apfelshampoo, auf das Maria nur zur Wespenzeit verzichtet.

Ich spüre, wie ihre Unruhe spürbar nachlässt.

«Fernweh?», fragt sie.

Die Vibrationen des Knochens hinter ihrem Ohr verdoppeln ihre Stimme bei jedem Wort, was fast ein bisschen zu aufregend ist für eine öffentliche Halle.

«Absolut.»

«Wohin?»

«Auf eine grüne Insel 150 Kilometer nördlich.»

Natürlich möchte ich mit Maria vielleicht noch nach Feuerland, Angkor Wat in Kambodscha und nach Südafrika fahren. Aber seit einem Jahr lebe ich mit der Frau meiner Träume in einem Reetdachhaus auf Föhr, da lockt mich erst einmal nichts weg. Ich staune selbst über mich, war ich doch der typische Hamburger, der früher unentwegt von der großartigen Energie der Großstadt schwärmte.

Maria und ich sind gleich nach dem ersten Kuss zusammengezogen, und das war genau richtig, auch im Nachhinein besehen. Natürlich mussten verschiedene Gewohnheiten synchronisiert werden, Butter oder Margarine, Waschmaschine auf 40 oder 60 Grad, wann reden, wann lieber massieren, wann Fernsehen glotzen, wann ins Watt und wann in die Kneipe, wann einfach im Wintergarten beieinanderliegen und dem Sturm zuhören, wann alleine, wann zusammen. Dazu musste ich Marias Sprache lernen: wie meint sie es, wenn sie etwas sagt? Und viel wichtiger: wann sagt sie etwas, ohne den Mund aufzumachen?

Maria ist nicht so sehr eine Frau des Wortes, sondern vielmehr der Tat. Eines Abends im November kam sie spät nach Hause, grüßte mich kurz und suchte dann einen Spaten und eine Lampe. Anschließend buddelte sie wie eine Irre im Garten an einer Grube für den Gartenteich, den wir gar nicht dringend brauchen. Weder die Dunkelheit noch der beständige Nieselregen hielten sie davon ab. Es hatte sich einfach am Tag bei ihr einiges angestaut, das genau dorthin musste.

Die Teich-Aktion, so lernte ich, war auch eine Liebeserklärung an mich: sie wollte ihre schlechte Laune nicht an mir auslassen; ich konnte ja nichts dafür. Allerdings habe ich ihr nach einer Stunde eine Flasche Bier und ein paar Schnittchen gebracht, genau zum richtigen Zeitpunkt. Sie lächelte mich mit erdverschmiertem Gesicht an und kam entspannt ins Haus zurück.

Unser Kind müsste längst angekommen sein, der Flieger ist pünktlich vor einer halben Stunde gelandet.

«Meinst du, wir werden gute Eltern sein?», sorgt sich Maria.

«Eine liebevolle, strenge Mutter und ein lockerer, inkonsequenter Vater – ideale Bedingungen, würde ich sagen.»

Maria löst sich aus meiner Umarmung und dreht sich um.

«Du hältst dich also für locker?»

«Klar.»

«Und mich für streng ...»

«Du bist immerhin Polizistin und kannst mit Waffen umgehen, du kennst alle Verhörtechniken ...»

«So weit die Theorie», sagt Maria und grinst. «Ich erinnere dich nochmal daran.»

Ich kann mir nur schwer vorstellen, mit einem Kind zu leben: Früh aufstehen, Windeln wechseln, langweilige Urlaubsorte ansteuern, Kombi fahren etc. Andererseits: die Vorstellung, ein Kind mit Maria zu haben, wäre das Größte und würde alles Unvorstellbare sofort vorstellbar machen.

Unser Kind kommt aus Frankfurt, es heißt Jade, ist fünfzehn Jahre alt und unsere gemeinsame Cousine (was daran liegt, dass Maria als Adoptivtochter meines Onkels Arne gleichzeitig auch meine Cousine ist). Sie heißt nicht Dschäid, sondern Jade wie Jadebusen. Mein Onkel Cord und seine thailändische Ex-Frau Narasinee sind Jades Eltern; seit ihrer Scheidung leben sie in zwei Doppelhaushälften direkt nebeneinander. Jade war noch nie auf Föhr und will unbedingt die Wurzeln ihres Vaters kennenlernen, so hat es uns Cord jedenfalls übermittelt. Er selbst hat die Insel gleich nach der Schule verlassen, wegen seines despotischen Vaters, der gleichzeitig sein Lateinlehrer war und ihm «aus erzieherischen Gründen» eine Fünf ins Abi geknallt hat. Cord hat es auf dem Festland geschafft: er ist erfolgreicher Zahntechniker mit eigenem Betrieb in Frankfurt. Erst fünf Jahre nach dem Tod seines Vaters ist er das erste Mal zurück nach Föhr gekommen.

Wir haben darauf bestanden, dass Jade bei uns wohnt. Maria und ich haben sie das letzte Mal vor Ewigkeiten in Frankfurt gesehen, da war sie noch ein Baby. Zur Orientierung haben wir von Cord ein Foto bekommen, das sie in einem weißen Kommunionskleid zeigt.

Jade wird es genießen, der Enge ihrer elterlichen Umgebung in Frankfurt zu entkommen. Das Strandleben auf Föhr wird ihr genauso guttun wie mir damals. Ich hatte auch so einen jugendlichen Onkel, Marias Vater Arne, der Surflehrer war und mir auf meinen Föhr-Urlauben alles erlaubte, was meine Eltern verboten hatten. Dieser Stab wird nun an mich weitergereicht, weil ich der Nächstjüngste in der Familie bin, und ich freue mich schon darauf. Ich werde mit Jade nächtelang durch die Gemeinde ziehen und mich um keine Pädagogik kümmern. Kein Belehren oder Erziehen, wir werden einfach Spaß zusammen haben! Wie gesagt, wenn du Glück hast, hast du so einen in der Familie, der das mit dir macht. Ich erinnere mich selbst noch genau daran, wie angenehm das war.

Wieso ist Jade immer noch nicht da?

Dass sie sich seit ihrer Kommunion äußerlich verändert hat, ist Maria und mir klar, aber unter den Ankommenden wäre uns eine Fünfzehnjährige mit asiatischen Augen doch aufgefallen.

Ich wähle Jades Nummer, die ich mir auf einen Zettel geschrieben habe.

Besetzt.

Ich spreche ihr auf die Mailbox: «Moin, Jade, hier ist Sönke, melde dich doch bitte, wir sind am Flughafen in der Ankunftshalle.»

Die Punks hinter uns an der Bar kippen ein Bier nach dem

anderen und grölen mit schottischem Akzent irgendetwas Versautes, das ich nur halb verstehe.

Ich wähle noch einmal Jades Nummer.

Jetzt geht sie ran.

«Jade, wo steckst du? Hier ist Sönke.»

«An der Bar. Ich habe euch nicht gesehen.»

Ich drehe mich um.

Ein leichenweiß geschminktes, zierliches Mädchen mit schwerem, schwarzem Ledermantel, dunkellila Rock sowie Schnürstiefeln bis übers Knie nimmt ihre Sonnenbrille ab. Düster geschminkte asiatische Augen werden sichtbar, auf ihre rechte Wange hat sie sich drei Tränen aus Glas geklebt.

Das ist Jade?

Mein erster Gedanke: *Wir haben nur ein Badezimmer!*

Diese Maske dauert jeden Morgen mindestens eine Stunde plus abends eine halbe Stunde zum Abschminken! Und was Nordseewasser und salzige Luft mit so viel Make-up anstellen, wird ihr nicht gefallen, schätze ich.

Sie schenkt weder Maria noch mir die Andeutung eines Lächelns.

«Moin, Jade», grüßt Maria freundlich und will sie umarmen. Doch Jade schiebt ihre Cousine weg: «So nahe stehen wir uns nicht.»

Eine klare Ansage.

Maria weiß gar nicht, wie sie reagieren soll (was äußerst selten vorkommt). Ich biete Jade nicht mal meine Hand an, sondern murmele ein betont beiläufiges «Moin».

Maria schaut nervös auf die Uhr.

«Wenn wir die letzte Fähre noch kriegen wollen, müssen wir uns beeilen.»

«Ich muss noch austrinken», protestiert Jade.

«Alkohol unter achtzehn ist verboten», erinnert sie Inselpolizistin Maria. Jade verabschiedet sich von jedem der Punkbandmitglieder, die sie im Flugzeug kennengelernt hat, mit einer Umarmung. Und nimmt demonstrativ noch einen großen Schluck Bier aus ihrem Glas.

Maria behält sich durchaus ihre eigene Meinung über Gesetze vor und handelt mal locker, mal eher streng. Aber bei Alkohol und Drogen in Verbindung mit Jugendlichen versteht sie keinen Spaß. Sollte Maria jetzt allerdings auf das Gesetz pochen, wäre das ein unglücklicher Start für die nächsten vierzehn Tage. Ich wage es kaum, sie anzuschauen.

Marias Augen verdunkeln sich um einige Grade, ihr Körper ist bereit für den Zugriff – aber angesichts einer Familienangehörigen überfällt sie offenbar eine Art Beißhemmung.

Sie sagt nichts.

Ich greife auch nicht ein.

Wir stehen da wie die letzten Trottel.

Fast muss ich über mich und Maria lachen.

Fast.

2. Kein Strandhotel

Maria peitscht ihren alten Mini One mit leise wimmernden Reifen aus dem kurvigen Parkhaus. Jade sitzt hinten, ihr Rollkoffer steht neben ihr auf dem Sitz, weil er nicht in den kleinen Kofferraum passt. Ich würde mich auf so engem Raum verpflichtet fühlen, ein paar freundliche Worte mit meinen Gastgebern zu wechseln, zumal wenn ich vierzehn Tage bei ihnen wohnen wollte und erst recht, wenn es meine Verwandten sind.

Jade nicht.

Sie ist hoch konzentriert, aber nicht auf uns.

Ihre Ohren sind mit ihrem Handy verstöpselt, sie schreibt eine SMS nach der anderen. So was wie «Hi, Sönke und Maria sind echt o.k., ich freue mich auf die Zeit mit ihnen»? Wohl kaum.

Maria schweigt und blickt stur geradeaus auf die Piste. Sie muss ihre Niederlage in der Flughafenbar erst einmal verdauen. Ich streichele ihre Hand und ernte ein schiefes Lächeln. Die nächsten zwei Wochen könnten für Maria und mich unter Umständen sehr lang werden. Unser Kind auf Zeit haben wir uns etwas geschmeidiger vorgestellt, aber was soll's, Jade ist eben ein ganz normales pubertierendes Mädchen, und wir sind die Erwachsenen.

Bis zur letzten Fähre in Dagebüll ist nicht mehr viel Zeit. Langsam wird es dunkel. Auf der Autobahn ist zum Glück nicht viel los, so kommen wir mit Marias Dauervollgas ungehindert bis Rendsburg. Dort wird die Autobahn auf eine hohe Brücke über den Nordostseekanal geführt, hier gilt Tempo 80. Doch das hält Maria nicht davon ab, einen Polizeiwagen mit 120 zu überholen.

«Dringender Einsatz», knurrt sie.

Das sehen ihre Kollegen anders.

Jedenfalls klebt der Polizei-Opel sofort hinter uns, auf dem Display unterhalb des blinkenden Blaulichts leuchten in eindringlichem Rot die Worte «STOP. POLIZEI».

«Oh nee!», stöhnt Maria, «nicht jetzt.»

Sie fährt auf den Parkplatz kurz vor der Brücke, der Polizeiwagen klebt beharrlich an unserer hinteren Stoßstange. Von der lärmenden A7 mal abgesehen, ist der Parkplatz einer der schönsten Aussichtspunkte Norddeutschlands: der Blick geht in die flache grüne Landschaft bis zum Horizont, im Nordostseekanal unter uns zieht ein schneeweißes, russisches Kreuzfahrtschiff vorbei, dessen Namen ich wegen der kyrillischen Buchstaben nicht entziffern kann. Ein paar Passagiere schwimmen auf dem Oberdeck im beleuchteten Pool; sie schauen zu uns herauf.

Maria springt aus dem Mini und eilt mit federnden, großen Schritten auf die beiden runden Mittvierziger zu, beide mit hoher Stirn und schwarzen Lederjacken. Es muss alles schnell gehen, wir haben noch eine Dreiviertelstunde, dann ist die letzte Nachtfähre weg. Draußen hängt das letzte Licht dieses Tages. Maria hat sich keine Jacke angezogen, weil sie davon ausgeht, dass der Verstoß unter Kollegen schnell zu regeln ist. Plötzlich erfasst sie eine Windbö und wirbelt ihre Haare erst zur Seite, dann senkrecht nach oben. Zusätzlich beulen sich ihre weiten Hosen auf Maximaldicke, was sie wie ein Michelin-Männchen aussehen lässt.

Die beiden pummeligen Zivilbeamten tragen beide weiße Hemden und Jeans, sie sehen sich ähnlicher als viele Brüder.

«Maria, Maria, Maria», singt der eine Beamte.

«Hallo, bloody Mary», ergänzt sein Kollege.

«Moin Piet, hallo Volker.»

«Lang ist's her.»

Man kennt sich wohl von früher, als Maria bei der Autobahnpolizei in Neumünster war. Eine erneute Windbö fährt den Kollegen in den Rücken und bastelt ihnen eine lächerliche Resthaarfrisur. Maria, die ihnen gegenübersteht, sieht aus, als müsste sie gegen Fahrtwind kämpfen. Alle drei drehen sich im selben Moment synchron weg, es sieht aus wie ein eingeübter Tanzschritt, nun weht der Wind für alle von der Seite.

«Jungs, sonst ja immer gerne, aber heute hab' ich es eilig.»

«Das war zu merken!»

So viel zu Marias lockerer Ansage, unter Polizisten gäbe es keine Strafzettel.

«Also, Kollege …», protestiert Maria, «wegen der paar Kilometer …?»

Er schüttelt den Kopf.

«Wir müssten mal die Dame auf dem Rücksitz sprechen.»

Maria zuckt zusammen.

«Wieso das?»

Ich steige aus, um Jade hinten rauszulassen. Sie zieht sofort eine Hassfresse auf.

«Ein Anruf bei meinem Vater, und er lässt den fiesesten Anwalt der Stadt von der Leine», stellt sie klar, bevor die Polizisten auch nur ein Wort sagen können.

Maria und ich ahnen nicht im Geringsten, worum es gehen könnte.

«Als ihr vorbeigezogen seid, hat sie uns den Stinkefinger gezeigt», sagt Volker.

«Und?», pampt Jade ihn an.

Maria nimmt ihre Kollegen beiseite.

«Die Kleine habe ich von Kollegen aus Hamburg aufgedrückt bekommen», lügt sie, «Intensivtäterin, sie soll zu uns auf die Insel, um wieder auf Spur zu kommen, als letzte Chance.»

Das will Volker nicht glauben: «Du und Kuschelpädagogik?»

Maria versucht das Ganze abzukürzen: «Bei dem Register, das die hat, würde jedes Verfahren im Sand verlaufen, das könnt ihr vergessen.»

Volker überlegt einen Moment, dann gibt er sich einen Ruck.

«Wenn du meinst.»

Er nickt seinem Kollegen zu.

«Du bist ja bald wieder bei uns», freut der sich.

Was meint der denn damit?

«Davon wüsste ich aber», erwidert Maria, meinen Blick meidend.

«Du stehst fest bei uns im Dienstplan, ab Monatsanfang!»

«Sagt wer?» Ihre Stimme bewegt sich in einer viel raueren Lage als vorher.

«*Hugo Boss.*»

«Da irrt der Chef.»

Was soll denn das? Wieso steht Maria im Dienstplan der Autobahnpolizei?

Wenn sie versetzt würde, hätte sie mir das gesagt. Oder?

Piet wendet sich an Jade: «Nächstes Mal bist du fällig, verlass dich drauf.»

Nach dieser leeren Drohung gehen die beiden zurück zu ihrem Polizei-Opel. Ich klemme mich auf den Rücksitz des Mini, Jade soll ab jetzt vorne sitzen, damit Maria sie im Blick hat.

«Hast du sie noch alle?», bricht es aus ihr heraus.

Jade fummelt ungerührt an ihrem Handy herum und will sich wieder die Ohrhörer einstöpseln.

«Aber jetzt gilt Handyverbot!», weist Maria sie zurecht.

Macht zwar keinen Sinn, aber Jade hält sich erstaunlicherweise ohne Widerspruch daran.

Ich sitze hinten und sage gar nichts.

Es ist unmöglich, die letzte Fähre noch zu bekommen. Aber Maria will das offenbar immer noch nicht einsehen. Als wir von der Autobahn auf die dunkle Landstraße abbiegen, überholt sie die Autos vor uns in Zweier- und Dreier-Einheiten. Ich muss dringend mit ihr über die Versetzung reden! Aber nicht im engen Wagen von hinten, bei diesem Tempo, während Jade vor mir sitzt.

Am Hafen von Dagebüll strömt salzige Nordseeluft in meine Nase. Die weißen Kronen auf den Wellen sehen in der Dunkelheit aus wie schneebedeckte Berge, die ins Tanzen geraten sind. Von drüben senden die Lichter der Inselhauptstadt Wyk ihre Strahlen übers Wasser.

Unser Heimatplanet – endlich!

Euphorie kommt trotzdem nicht auf, denn die letzte Fähre hat gerade den Hafen verlassen und tuckert ohne uns Richtung Wyk. Ohne den Zwischenfall auf der Kanalhochbrücke hätten wir es gerade so geschafft.

Hätten.

Vielen Dank, Jade!

Zwischen 23:00 und 5:00 ist die Insel nicht erreichbar. Ein Hotel für die paar Stunden zu nehmen, wäre Verschwendung, also legen wir uns einfach auf den Deich. Besonders kalt ist es nicht, es riecht nach Erde und Gras, mit einer zarten Note von Schafskot, letztere verdränge ich nur mühsam.

Maria schmiegt sich eng an mich.

«Wieso weiß ich nichts von deiner Versetzung?»

Nach der Schule hat Maria Föhr verlassen und wurde Polizistin in Neumünster, weil es ihr auf der Insel zu eng wurde. Wegen einer Verfolgungsjagd, bei der der Verfolgte nicht nur einen Unfall baute, sondern sich auch noch als unschuldig herausstellte, wurde sie nach Föhr zurückversetzt. Für Maria die Höchststrafe. Erst als wir zusammenkamen, konnte sie sich wieder auf die Insel einlassen. Dachte ich zumindest bis gerade eben.

«Es war ein Fehler, es dir nicht zu sagen, ich weiß. Weißt du, nach meiner Strafversetzung habe ich wie eine Irre darum gekämpft, wieder wegzukommen von Föhr, ...»

Maria schaut mich traurig an.

«... und als ich dich kennengelernt habe, wollte ich das wieder rückgängig machen. Blöderweise ist das bei denen in Kiel untergegangen. Ich rede morgen mit Gerald über den Widerspruch, dann nehmen die das zurück, da bin ich sicher!»

Gerald Brockstedt ist ihr Revierleiter.

«Und wenn nicht?»

«Das wird morgen geregelt», murmelt Maria.

Die Dienstpläne bei der Autobahnpolizei sagen bis jetzt das Gegenteil.

Eine frische Brise kommt auf. Maria und ich fangen an zu frieren, auf Übernachtung in der freien Natur waren wir nicht eingestellt. Jade hingegen wickelt sich schweigend in ihren schwarzen Ledermantel, der tagsüber viel zu warm war, aber jetzt genau richtig ist. Der Wind nimmt erstaunlich schnell zu. Von der See schieben sich heftige Wassermassen heran, die die Flut nicht ablaufen lassen, trotz Ebbe steigt der Pegel, statt zu fallen.

Irgendwann lässt der Wind sämtliche Hunde aus dem Zwinger und hetzt sie auf uns. Die Böen greifen uns von allen Seiten an, auf dem Deich ist es nicht mehr auszuhalten. Wir suchen uns ein windgeschütztes Plätzchen hinter dem «Strandhotel», aber es nützt nichts, die Hunde finden uns auch dort.

«Ich habe keine Lust mehr», brülle ich gegen den Sturm, «wir nehmen uns ein Zimmer!»

Das hätte mir früher einfallen sollen; alles ist schon geschlossen.

Also zwängen wir uns in den Mini.

Leider ist dieses Lifestyle-Auto nicht nur vom Namen her das Gegenteil eines Campingbusses.

Zur drangvollen Enge kommt das emotionale Reizklima.

Maria weiß, dass sie einen Fehler begangen hat, sie hätte mit mir über die drohende Versetzung reden sollen. Zusätzlich ist sie sauer auf Jade, und ich bin es auch.

Jade wiederum ist aus unerfindlichen Gründen sauer auf uns beide. Wirklich schlafen kann niemand, alle halbe Stunde meldet sich irgendein akut abgeknickter Körperteil, aber es hilft ja nichts.

3. Die sprechenden Steine

Der kipplige Seegang bei der Überfahrt nach Föhr kommt mir wie eine zusätzliche Schikane vor. Obwohl sich die wütenden Wellen mit den weißen Schaumspitzen in der klaren Morgensonne optisch hervorragend machen.

Nur, was nützt das, wenn an Bord die Kaffeemaschine kaputt ist?

Im Salon setzen wir uns an einen Tisch, Maria macht sich auf der Sitzbank lang und nimmt meinen Schoß als Kopfkissen: Ich lasse meinen Kopf auf die Tischplatte sinken, genau wie Jade. Das ist zwar nicht bequem, aber im Vergleich zum Mini schon ein Fortschritt. Gerade, als ich etwas eingenickt bin, weckt mich ein Kellner, um mir mitzuteilen, dass die Kaffeemaschine wieder geht. Ab da kann ich endgültig nicht mehr einschlafen.

Die «Uthlande» zieht kurz vor Föhr hart nach Steuerbord und fährt ein Stückchen parallel zur Wyker Seepromenade, wo Oma wohnt. Föhr präsentiert sich an diesem Morgen wie die Kulisse eines Werbefilms, die Sonne arbeitet jeden Mauervorsprung mit warmem, hellem Licht heraus, die Fensterscheiben werfen die Strahlen glitzernd wie helle Sterne zurück.

Dann tuckert die Fähre langsam zum Fähranleger und wird festgemacht. Sonst drängen sich hier Passagiere und Touristen zwischen voll bepackten Autos. An diesem Morgen sehe ich nur einen einzigen Lastwagen und eine einsame Frau, der Hafen gehört um diese Zeit sich selbst.

Als wir näher kommen, erkenne ich die Frau: In einem roten Hosenanzug, mit frischem Make-up und blond gefärbten, kurzen Haaren, knackebraun wie immer, steht unsere Oma da und winkt uns zu.

Jade, Maria und ich winken zurück.

Das ist wirklich Oma!

Wie immer viel zu auffällig und Generationen zu jung gekleidet für ihre 76 Jahre. Aber immer voller Energie und Unternehmungslust. Woher weiß sie, dass wir auf der ersten Morgenfähre sind?

Großes «Hallo» am Kai, als wir auf dem Hafenparkplatz aus dem Wagen springen. Oma umarmt ihre Enkelin Jade und drückt sie, so doll sie kann. Jade lässt es sich ohne Protest gefallen. Dabei haben sich Oma und sie bisher nur ein paar Mal in Frankfurt getroffen.

«Jade, mien seuten Deern …!»

«Süßes Mädchen» trifft es vielleicht nicht ganz präzise, aber was soll's.

«Moin, Oma, schön dich zu sehen», begrüßt Jade sie.

Respekt, so viel nette Worte hatte sie für uns nicht.

Dann schlingt Oma ihre Arme um Maria und mich.

«Woher wusstest du, dass wir um diese Zeit ankommen?», frage ich.

Oma legt ihren strengen Gouvernantenblick auf.

«Petersen hat mich angerufen, als ihr in Dagebüll an Bord gegangen seid.»

Ich schaue zur Brücke hoch. Den grauhaarigen Kapitän

Petersen kenne ich vom Sehen, er singt im örtlichen Shanty-chor «Die Knurrhähne», die zu jedem Hafenfest auftreten.

«Kinder, jetzt frühstücken wir erst einmal, oder was denkt ihr?»

Sie deutet auf den großen Picknickkorb zu ihren Füßen.

«Frische Brötchen, Krabben, Marmelade, alles dabei. Jade, du magst doch Krabben?»

«Bestimmt.»

Die Müdigkeit ist bei uns allen verflogen.

Außer bei Maria, die blöderweise gleich Tagschicht hat. Die Arme gähnt, was das Zeug hält. Das wird hart für sie.

Maria nimmt mich beiseite und umfasst meine Hüften.

«Mach dir keine Gedanken, Sönke», flüstert sie. «Wir bleiben zusammen in unserem Haus.»

Das höre ich natürlich gerne. Aber macht sie sich da nichts vor?

«Falls du nicht versetzt wirst.»

Maria legt ihre Wange an meine Wange.

«Mach dir keine Sorgen. Bis heute Abend ist das geklärt.»

Sie gähnt erneut und gibt mir einen Kuss.

«Ich koche uns was!», verspreche ich.

Dann verabschiedet sich Maria von Oma und Jade und schlendert zum Polizeirevier, das direkt gegenüber am Sport-hafen liegt. Bis heute Abend entscheidet sich Marias Schick-sal auf der Insel, und ich kann nichts tun außer warten.

Oma steigt in den Mini, und wir fahren nach Nieblum. Das kleine Reetdachhaus, in dem Maria und ich wohnen, ist um-geben von einem verwilderten Grundstück. Es besitzt nur zwei Zimmer und einen halb fertigen Wintergarten, der mit einer durchsichtigen Plastikplane abgedeckt ist. Auf dem Dach liegt frisches Reet, das Arne letzten Winter aufgetragen hat. Als ich die Tür öffne, rieche ich noch ein bisschen das Avocadobad, das Maria vor unserer Abreise zum Hamburger Flughafen genommen hat.

«Wir haben gedacht, du schläfst im Schlafzimmer. Ist das o. k.?»

Jade sagt gar nichts, sondern inspiziert misstrauisch den Raum. Ein frisch bezogenes Bett, ein Kleiderschrank, die Fenster nach Norden, sodass sie nicht vorzeitig von der Sonne geweckt wird. Ach ja, über dem Bett hängt eine Urlandschaft in Tonfarben, Oma hat uns dieses Bild ihres Lieblingsmalers Stefan Brée aus Hannover zum Einzug geschenkt.

Jade schmeißt ihren Koffer aufs Bett.

«O. k.?», frage ich noch einmal.

«Für zwei Wochen wird es gehen», kommt von ihr.

Sie tut so, als hätte ich ihr gerade einen Pappkarton über einem Lüftungsschacht angeboten. Langsam mache ich mir ernsthaft Sorgen. Föhr bietet unter anderem das Wattenmeer, riesige Himmel, tolle Strandbars, Bootstouren und vieles mehr. Alles grandios und einzigartig, aber das scheint Jade kein bisschen zu beeindrucken. Zwei Wochen!

«Sag mal, Jade, wie nennt sich die Mode, die du trägst?»

So direkt darf wohl nur Oma fragen.

«Gothic.»

«Und was bedeutet das? Darfst du kein Fleisch essen? Oder betest du zum Satan?»

Jade lacht (tatsächlich, sie lacht!).

«Mit Geistern liegst du gar nicht so falsch. Wir beschäftigen uns mit der dunklen Seite des Lebens.»

Mit Oma redet Jade ganz normal.

«Tod und Vergänglichkeit?»

«Ja.»

«In deinem Alter?», wundert sich Oma. «Das ist ungewöhnlich. Ich muss mich mit 76 ja langsam für die Abreise klar
machen, aber ihr doch nicht! Trotzdem, ich finde das nicht
schlecht, besser als Saufen.»

Jades Bier am Flughafen will ich jetzt mal nicht verpet-
zen.

«Und wo trefft ihr euch so? Ich meine, über so was quatscht
man ja kaum bei McDonalds oder im Supermarkt.»

«In Frankfurt gibt es Super-Friedhöfe mit alten, tollen
Gräbern und großen Mausoleen. Da hängen wir die ganze
Zeit ab.»

Oma schaut Jade an und überlegt.

«Weißt du was, mien Deern? Wir holen zum Frühstück
noch ein paar Verwandte dazu.»

«Wie meinst du das?», mische ich mich ein, «Arne und Regina schlafen noch.»

Arne ist, wie gesagt, gleichzeitig mein Onkel und Marias
Adoptivvater, und Regina ist meine Tante.

«Die meine ich nicht.»

«Wen dann?»

Sie zieht sich ihre Jacke an.

«Kommt, wir machen ein Picknick!»

«Draußen ist Sturm, Oma.»

Der Wind pfeift heftig ums Haus.

«Aber es ist nicht kalt.»

Ich kapiere immer noch nicht.

«Willst du auf den Deich?»

«Nein, zu unseren Verwandten. Nach Süderende.»

Sie zwinkert mir zu.

Darauf hätte ich auch gleich kommen können.

Oma hat sofort den Platz im Sinn gehabt, an dem Jade mit
Sicherheit auf Föhr andockt.

Also wieder rein in den Mini. Die Bäume biegen sich im starken Westwind. Oma freut sich über den Sommersturm, plaudert über den letzten Winter, als Föhr wochenlang verschneit war, und fragt Jade nach der Schule.

Wie es eine ordentliche Oma so tut.

Nach einigen Kilometern Schweigen rückt der mächtige, alte Kirchturm von St. Laurentii in Süderende näher. Das massive, trotzige Gotteshaus wurde im 13. Jahrhundert erbaut und ist umgeben von einem dichten Wald. Um das Kirchengebäude herum befindet sich einer der ältesten Friedhöfe der Insel. Wir stellen den Wagen vor der Friedhofsmauer ab. Der Wind pfeift wild durch die Bäume und schüttelt sie heftig durch.

Wir gehen durch ein kleines Tor auf den Friedhof. Ich trage den Picknickkorb, Jade die Decke und Oma die Thermoskanne mit frischem Tee, den ich eben gekocht habe.

«Das hier ist nicht *irgendein* Friedhof», sagt Oma. «*Diesen* solltest du besser kennen als alle anderen.»

Jade blickt sie skeptisch an.

«Fast alle, die hier liegen, haben etwas mit dir zu tun», erkläre ich.

Jade ist wie elektrisiert, auch wenn sie sich bemüht, es nicht zu zeigen.

In meiner Kindheit gab es keinen Verwandtenbesuch auf Föhr ohne einen Rundgang auf dem Friedhof von St. Laurentii. Auf den Grabsteinen kann man unsere Familiengeschichte über mehrere Jahrhunderte zurückverfolgen. Wir halten an der letzten Ruhestätte von Brar Riewerts, an dessen weißem Stein oben die Symbole Kreuz, Herz und Anker – für Glauben, Liebe, Hoffnung – prangen.

«Der heißt wie ich!», freut sich Jade.

«Kein Zufall, mien Deern. Wenn wir den ausbuddeln würden, wären Teile seiner DNA mit deiner und meiner identisch», erklärt ihr Oma.

Jade schaut mich skeptisch an.

«Echt?»

Man nennt die Grabsteine auf diesem Friedhof die «spre-
chenden Grabsteine», es war hier Brauch, auf ihnen die Lebensgeschichte der Verstorbenen einzumeißeln. Die Inschrift
auf dem Stein, den ich Jade zeige, kenne ich von unseren unzähligen Besuchen auswendig:

Brar Riewerts

An dem Fuße dieses Denkmals liegt das Verwes-
liche der beiden Eheleute Brar Riewerts und seine
Frau Antje Ketelsen. Ersterer ist am 22. Juli 1768
in Oldsum geboren, 1791 in den Ehestand mit der
1771 geborenen Antje Ketelsen aus Süderende getreten. Er war vom 15. bis zum 40. Lebensjahre ein
mit dem Glück des Herrn gesegneter Seefahrer
und führte 15 Jahre lang verschiedene Schiffe als
Kapitän nach Grönland und Westindien. Den Ehe-
leuten wurden 4 Kinder geboren, wovon 2 im Alter von sieben und eines im Alter von neun starben.
Nach seiner Zeit als Kapitän führte der Verstor-
bene strebsam seinen Hof in Oldsum, bis ihn der
Todesbote am 5. Dezember 1849 im gesegneten Alter
von 81 Jahren in die Ewigkeit mitnahm. Seine Frau
Antje lebte im Witwenstand noch zwei Monate und
drei Tage, bis sie ihm am 9. Februar folgte.

Auswärtige staunen immer, dass Föhr, schon lange bevor es diesen Begriff überhaupt gab, ein «Global Village» war. Die Seeleute fuhren von hier aus mit Schiffen um den ganzen Globus und brachten Geschichten, fremde Speisen und Getränke mit. Der typisch friesische Tee zum Beispiel stammt ja auch nicht vom Anbau auf dem Deich.

Jades Blick bleibt erschüttert an Brar und Antje Riewerts' Grabstein haften. Sie schaut drein, als würde sie sich gut an die beiden erinnern. Es ist eines, in Frankfurt mit Freunden nach Betriebsschluss auf Friedhöfen herumzuhängen und düstere Musik zu hören, vielleicht Gedichte vorzulesen oder Briefe an die Toten zu verfassen. Etwas komplett anderes ist es, direkten Anschluss zu den Toten zu bekommen wie auf diesem Friedhof.

«Ich kann ihre Energie spüren», flüstert Jade.

«Das ist die Kraft der Riewerts!», sagt Oma und wendet sich an mich: «Was meinst du, Sönke, mein Lieber, sollen wir hier frühstücken oder drüben bei Matthias?»

«Bei Matthias ist immer mehr Stimmung», finde ich.

«Du hast recht, Sönke. Kommt, Kinder.»

So ganz sicher bin ich mir nicht, ob es nicht ein Sakrileg ist, auf einem Friedhof zu picknicken. Andererseits sind wir unseren Vorfahren auf diese Art wirklich sehr nah.

Also breiten wir die Picknickdecke vor dem Grab von Matthias Petersen aus, der aus Omas direkter Linie stammt. Oma hat Teller in Friesischblau dabei, selbst gekochte Marmelade, backfrische Brötchen und Krabben. Sie gießt den dampfenden Tee in große Pötte.

Sie freut sich, es ist genau der richtige Ort, um ihre Enkelin zu beeindrucken, Jade kann ihren Blick nicht von dem Grabstein vor uns lassen:

> *Matthias Petersen,*
>
> geb. in Oldsum den 24. Dec. 1632
>
> gest. den 16. Sept. 1706.
>
> Er war in der Schifffahrt nach Grönland
>
> sehr kundig, wo er mit unglaublichem Erfolg
>
> 373 Wale
>
> gefangen hat, sodaß er von da an
>
> mit Zustimmung aller den Namen
>
> «Der Glückliche»
>
> annahm; und dessen Frau
>
> Inge Mathiesen
>
> geb. den 7. Oct. 1641
>
> gest. 5. April 1727.

«Falls du dich bei Greenpeace bewerben willst, solltest du den besser verschweigen», frotzelt Oma.

Plötzlich muss sie gähnen.

Irgendetwas scheint ihr schlagartig alle Energie aus dem Körper zu ziehen. Ihre Lippen werden weiß, sie lässt sich rücklings auf die Picknickdecke fallen.

«Alles klar, Oma?», frage ich besorgt. «Oder soll ich einen Arzt holen?»

«Nein, nur einen Moment …», stöhnt sie und schiebt sich eine weiße Pille in den Mund.

Jade und ich schauen uns ratlos an.

«Ich habe uns nachher bei einem Malkurs angemeldet», raunt sie heiser, während sie die Augen geschlossen hält.

«Das können wir gerne verschieben», sagt Jade.

Gutes Kind.

Oma schließt die Augen: «Gib mir fünf Minuten.»

Tatsächlich richtet sie sich nach kurzer Zeit wieder auf und scheint wieder voll da zu sein. Sie besteht darauf, nun endlich mit uns zu frühstücken. Ich bin ein bisschen beruhigt, aber meine Gedanken laufen trotzdem unaufhörlich im Kreis. Was ist, wenn Maria versetzt wird? Wie werden wir dann zusammenbleiben? Telefonisch? Als Bild auf dem Laptop? Viele Paare müssen sich so arrangieren, manche mögen das sogar. Ich könnte das nicht, glaube ich

Ich schaue auf mein Handy, kein Anruf.

Wie auch? Es ist noch lange nicht Mittag.

Nach diesem Tag werde ich mich auf meinem Sterbebett nicht zurücksehnen, das weiß ich jetzt schon.

4. Der Gesang der Seevögel

Oma war nicht vom Malkurs abzuhalten, ich habe sie gegen zehn Uhr vor dem eleganten, weißen «Museum Kunst der Westküste» in Alkersum abgesetzt. Wenigstens ist Jade bei ihr. Ich habe meiner Cousine zur Sicherheit noch einmal meine und Marias Handynummer gegeben. Zum Glück ist heute, wie jeden Samstagnachmittag, Chorprobe mit den «Seevögeln», das wird mich ablenken.

Wie eine kleine Möwenkolonie stehen wir zu acht dicht nebeneinander auf der Deichkrone und stemmen uns gegen den Sommersturm. Das Meer schäumt und bäumt sich mächtig auf, wie es sich für eine echte Sturmflut gehört. Der Wind kommt aus Russland, das gerade unter einer Hitzewelle leidet. Die Luft hat sich über der Nordsee angenehm abgekühlt und wurde mit einer Prise Salz und Jod veredelt. Wenn ich tief einatme und die Augen schließe, wird mein Körper bis in den letzten Winkel mit frischem Sauerstoff geflutet. Nach einer Weile bin ich so euphorisch, dass ich glaube, fliegen zu können.

Wütende Wellen mit Schaum auf den Kronen lecken gierig am Deichsaum

Wir halten dagegen. Nicht, dass sich der Sturm davon beeindrucken ließe, aber wir halten ihm stand.

Direkt neben mir brummt der dicke Autohändler Brar seinen Bass mit der Kraft eines tiefen Schiffshorns, an seiner Seite steht der dünne Karl vom Wyker Standesamt. Gerda und Annalena zaubern mit ihren Ende fünfzig einen fast schwarzen Alt hin, absolut überraschend bei zwei blond gefärbten Landfrauen aus der Milchwirtschaft. Die mollige Stationsschwester Antje vom Inselkrankenhaus steht im Sopran neben Museumsaufsicht Friederike mit den weizenblonden Zöpfen. Die Einsätze gibt uns Vogelwart Markus, der mich im Tenor unterstützt.

Unsere Stimmen summen leise und trotzdem mit aller Kraft, die wir besitzen: «Nothing compares to you». Wie ein wehrhaftes, elegantes Boot gleiten wir gegen den Wind durch das Lied.

Der Wind dreht sich.

Von Norden nähert sich eine giftschwarze Welle, die einige Kilometer hoch ist und so breit wie der Horizont! Wir «Seevögel» stehen plötzlich genau in der Mitte zwischen Sommerlicht rechts und Inferno. Der Verstand sagt mir, das ist keine Welle, sondern eine riesige Regenfront, aber meine Augen sind nicht sicher, denn die Wolken steigen ohne Übergang aus der dunklen See.

Schon die ersten Tropfen sind doppelt so schwer wie bei einem normalen Regen. Dann geht es ohne Übergang heftig zur Sache. Wir rennen vom Deich zu unseren Autos zurück. Beim Sprint zu Marias Mini werde ich auf wenigen Metern pitschenass. Als ich die Tür zuknalle, hole ich erst einmal tief Luft und wische mir die Feuchtigkeit von der Stirn, während sich der Regen krachend und trommelnd auf dem Autodach austobt. Plötzlich klopft es von draußen wild an der Beifahrerscheibe. Ich erkenne schemenhaft eine Frau. Eine Sekunde später springt Mitsängerin Friederike auf den

Beifahrersitz, die blonden Zöpfe hängen wie tropfnasse Wä-sche von ihrem Kopf.

«Endlich mal wieder ein richtiges Wetter», strahlt sie. Ihre hellblauen Augen leuchten so fröhlich, als würde gerade eine lange geplante Party beginnen. Als Insulanerin weiß sie, dass das Wetter in einer halben Stunde vermutlich wieder ganz anders sein wird.

Friederike zieht eine selbst gebrannte DVD ohne Auf-schrift aus ihrer Jacke.

«Die solltest du kennen.»

Ich bin etwas überrascht. Weder habe ich Geburtstag, noch haben wir uns jemals sonst etwas geschenkt.

«Danke, das ist ja nett.»

Vielleicht ist das etwas für einen Fernsehabend mit Maria, wenn auch nicht gerade heute.

Friederike zieht die DVD zurück.

«Du musst mir etwas versprechen, Sönke ...»

Das hört sich richtig feierlich an. Was wird das?

«Ja?»

«Du darfst sie niemandem anderem zeigen, auch nicht Maria.»

«Ist das ein Porno, oder was?», frage ich lachend.

Sie verzieht keine Miene.

«Bitte versprich es mir.»

Ich gebe ihr meine regennasse Hand: «Versprochen.»

«Und ich habe sie dir nie gegeben.»

Sie reicht mir die DVD.

Wir umarmen uns kurz, dann reißt sie die Beifahrertür auf und rennt durch den Platzregen zurück zu ihrem Wagen. Ich lege die DVD auf den Beifahrersitz und fahre los.

Zu Hause landet die silberne Scheibe auf der Flurkommode, denn als Erstes muss ich nach der Plastikfolie im Wintergarten sehen. Seit wir die Wand von der Küche zum Garten aufgebrochen haben, leben Maria und ich in einem Provisorium. Der Wintergarten vor der Küche besteht zurzeit aus einem Betonfußboden und einem Stahlrahmen, der fest in Boden und Mauerwerk verankert ist. Was noch fehlt, sind die Scheiben. Die halbblinde Plastikfolie an den Seiten und oben hat trotz des Platzregens erstaunlich dicht gehalten. Mit einem Besenstiel hebe ich sie oben leicht an, damit die schwere, bauchige Pfütze darauf klatschend zur Seite abfließen kann.

Das Handy klingelt: Maria!

Ich bekomme einen leichten Schweißausbruch, als ich rangehe.

«Ja?»

«Moin, Sönke, tut mir leid, es hat länger gedauert.»

«Föhr oder Autobahn?»

«Alles verschoben, hier brennt gerade die Luft. Hast du noch gar nichts gehört?»

«Nein, was denn?»

«Der Hafen ist dicht, jedes Auto wird kontrolliert, die ganze Insel wird von uns auf den Kopf gestellt. Im Kunstmuseum in Alkersum ist ein wertvolles Bild geklaut worden. Die haben sogar einen BKA-Spezialisten eingeflogen.»

Plötzlich wird mir ganz anders.

«Mensch, Oma war mit Jade in dem Museum! Ist jemandem was passiert?»

«Nein, niemandem. Mann, Sönke, für uns ist das eine Steilvorlage!»

«Wie das?»

«Erklär ich dir später, ich muss wieder ... Bis dann, ich freu mich.»

«Ja, ich auch.»

Was soll ich denn nun davon halten?

Das Beste ist jetzt, ich kümmere mich erst einmal weiter um unser Essen, wie geplant. Bald schmurgeln zwei Heilbutte, mit Knoblauch und Basilikum gewürzt, im Backofen, das asiatische Gemüse liegt bereits fertig geschnippelt im Wok. Als nichts mehr zu tun ist, schießen meine Gedanken wieder hoch wie eine Boje, die man mit Gewalt unter Wasser gedrückt hat und die jetzt nicht mehr zu halten ist.

Wenn alles dumm kommt und Maria versetzt wird, ist das heute eine Art Abschiedsessen.

Tschüs, Föhr!

Der Regen lässt immer noch nicht nach. Mir fällt die DVD von Friederike wieder ein. Vielleicht lenkt die mich ja ab. Wenn sie so ein Geheimnis darum macht, könnte der Film spannend sein. Ich lege mir auf der Couch ein paar Kissen zurecht und nehme meinen Laptop auf den Schoß. Dann schiebe ich Friederikes DVD in den Schacht.

Sie hat den Film ohne Titel abgespeichert.

Das Bild ist zunächst etwas krisselig. Man sieht den hinteren Teil des «Museums Kunst der Westküste». Friederike wohnt direkt gegenüber, der Film muss von ihrer Überwachungskamera stammen. Ihr Mann lagert wertvolle Kacheln in ihrem Haus, bei ihnen wurde schon mal eingebrochen.

Nichts passiert auf dem Video, nicht einmal Passanten.

Was soll ich damit?

Gerade, als ich vorspulen will, öffnet sich im Parterre des Museums ein Fenster. Eine ältere Dame schaut vorsichtig auf die Straße, erst nach links, dann nach rechts. Das Ganze hat etwas von altem Stummfilm, weil der Ton fehlt und alle Bewegungen dadurch sehr grob wirken. Die ältere Frau trägt einen bunt bekleckerten, ehemals weißen Malerkittel und schaut nun direkt in die Kamera.

Es ist unsere Oma.

Was macht sie da?

Oma setzt sich seitwärts auf die Fensterbank, dreht sich zur Straße hin und hängt die Beine heraus. Über ihrer Schulter baumelt ein kantiger, flacher Gegenstand in einer großen Leinentasche. Sie gönnt sich eine kleine Pause zum Luftholen, dann gleitet sie hinaus auf die Straße.

Hat sie die Tür nicht gefunden, oder was?

Mir bricht der Schweiß aus.

Oma geht nach links aus dem Bild. Kurz darauf erscheint am Fenster ein stark geschminktes Mädchen in einem Ledermantel: Jade!

Jade springt ebenfalls mit einem Satz hinaus.

Der Film stammt laut Einblendung von heute um 13:05 Uhr.

Ich habe mal von einer Seniorin gelesen, die eine Hanfplantage unterhielt, um ihre Rente aufzubessern, und hin und wieder schlägt auch mal ein Rentner um sich. Das ist kaum ein Indiz für wachsende Seniorenkriminalität, wenn so etwas passiert, ist es eine Ausnahme und steht gleich in der Zeitung.

Im Ernst, nie im Leben hat meine 76-jährige Oma ein Bild geklaut, um es an internationale Kunsthehler zu verscherbeln.

Wir sind doch eine ganz normale Familie! Niemand von den Riewerts hat je ein Verbrechen begangen, falsch parken und 30 Stundenkilometer zu viel war das Äußerste. Als ich fünfzehn war, habe ich sehr unter der Normalität meiner Familie gelitten. Da hätte mir eine klauende Oma sehr gefallen.

Oma ist unschuldig.

Aber wieso ist sie aus dem Fenster geklettert?

Und Jade?

Schwerer Diebstahl mit fünfzehn? Weil sie sicher sein kann, dass ihr Vater den fiesesten, teuersten Anwalt des Landes besorgt? Oder als *Hilferuf*, für was auch immer? Und Oma deckt sie?

Ich schaue mir die DVD noch einmal von vorne an.

Als könnte der Film diesmal anders ausgehen. Doch wieder klettert Oma aus dem Fenster, gefolgt von Jade. Ich schalte die DVD ab und lege den Laptop neben mich auf den Boden.

Was ist bloß los mit Oma?

Gut, in letzter Zeit wirkte sie manchmal müde und unkonzentriert, sie suchte öfter nach Begriffen, weil sie mit den Gedanken woanders war. Das habe ich für eine Phase gehalten, die vorübergeht, wie eine verschleppte Viruserkrankung. Außerdem kennt es doch jede und jeder, dass einem manchmal nicht gleich die richtige Vokabel einfällt.

Dann gibt es noch die Gerüchte, dass sie letztens von ihrem Balkon am Sandwall Touristen gesegnet haben soll. Das war mit Sicherheit nur ein Gag von ihr, der jetzt von irgendwelchen kleinkarierten Nachbarn hochgespielt wird. Wenn Oma mit mir früher auf dem Festland unterwegs war, hat sie sich noch ganz andere Dinge geleistet. Zum Beispiel Landfrauen wortreich durch die Ausstellung des Hamburger Kunstvereins geführt, ohne auch nur einen einzigen Maler oder ein Bild zu kennen. Bis sie von einem Wachmann, der es besser wusste, rausgeschmissen wurde. Sie nimmt sich halt im Alter die Freiheit, Dinge zu tun, die sie sich vorher in ihrem Leben nie getraut hätte. Und das liebe ich ganz besonders an ihr.

Auf Föhr hat sie sich allerdings stets ein bisschen zurück-gehalten, um nicht ins Gerede zu geraten.

Ich will lieber abwarten, als Gerüchten zu glauben. Auf der Insel wird viel erzählt, die Einsegnung der Touristen wird es nicht wirklich gegeben haben.

Aber die Geschichte mit dem Museum! Hoffentlich muss die Polizei nicht gegen Oma ermitteln, das wäre übel. In dem Fall könnte sich Maria ihrer Versetzung kaum entzie-hen. Das Polizeirevier in Wyk ist einfach zu klein, man würde sich von Seiten der Polizei keinem Verdacht der Strafver-schleierung aussetzen wollen und sie wie geplant aufs Fest-land schicken.

Aber so weit sind wir noch nicht.

Auch wenn ich mich nicht ganz wohl dabei fühle: ich werde Maria die DVD nicht zeigen, das habe ich Friederike versprochen. Und versprochen wird nicht gebrochen.

5. Zwei Heilbutte durch drei

Der Regen hört so schlagartig auf, als hätte jemand den Hahn abgestellt. Von den dicken, grünen Blättern der Rhododendren im Garten perlen schwere Tropfen zu Boden, einige hüfthohe Gräser sind umgeknickt. Es wird warm, man sieht und riecht, wie überall die Feuchtigkeit aus der Erde verdampft.

Ich schiebe den alten Bauerntisch von der Küche in den Wintergarten, drum herum stelle ich zwei unserer Bauhaus-Imitat-Sessel aus Leder und Chromstahl. An den Rand der Tafel kommen unsere großen Kerzenleuchter, neben die Teller rote Trockenblumen. An sich bin ich nicht so sehr der Deko-Typ, aber in meiner Zeit als Eventmanager habe ich mir einiges von den Kellnern abgeguckt. Maria tut gerne burschikos, praktische Outdoor-Kleidung statt kleines Schwarzes. Sie hat ja auch recht, mit High Heels kommst du nicht gut übern Deich. Aber neuerdings, das habe ich herausbekommen, genießt sie es auch, wenn es mal mondäner zugeht.

Ich öffne den besten Pinot noir, den der Weinhändler meines Vertrauens in Wyk verkauft. Nach einer Weile ist alles für das Essen vorbereitet. Sogar frisches Bettzeug habe ich aufgezogen.

Wohl fühle ich mich trotzdem nicht.

Werde ich Maria gleich das erste Mal belügen müssen?

Als Maria in ihrer dunklen Polizistinnenuniform in den Wintergarten stürmt, staune ich: Nach unserer schlaflosen Nacht in Dagebüll müsste sie ziemlich am Ende sein, aber sie sieht kein bisschen müde aus. Maria wirft ihren Gürtel mit der Pistole in die Ecke und umfasst meine Hüften, in ihren glänzenden braunen Augen sehe ich gleichzeitig Entwarnung, Nähe und Euphorie.

Ich weiß nicht, wo sie das hernimmt.

«Heute ist unser Glückstag», juchzt sie und fällt mir um den Hals, das vertraute Apfelshampoo erreicht zusammen mit dem Amber-Parfüm meine Nase. «Die Kollegen vom Festland drehen auf der Insel jeden Stein um, eine Hundertschaft und ein Hubschrauber sind im Einsatz, das ganz große Besteck.»

Ich komme nicht ganz mit: «Was hat das mit uns zu tun?»

Maria grinst.

«Der BKA-Mann lässt Straßenkontrollen aufstellen, die Fähren werden durchsucht, er checkt den Sportboothafen, parallel läuft eine Rasterfahndung im Computer, es gibt Zeugenbefragungen im Museum und im Ort. Das wird alles nichts bringen. Insulaner schwärzen sich nicht gegenseitig an.» Das kann ich für Oma nur hoffen, die Polizeiaktion macht mir Angst.

«... wenn du sagst, den und den habe ich auf der Straße in der Nähe des Museums gesehen, wird er sofort als Zeuge verhört. Und zwar von jemandem, der vom Festland kommt, kein Friesisch redet und sowieso bald wieder weg ist. Deshalb hat vor Ort keiner was mitbekommen. Aber ich kenne meine Insulaner.»

«Du glaubst, der Täter ist Föhrer?»

«Ich weiß es! Wir haben einen Erpresserbrief bekommen. Darin fordert er die Wiedereinführung der alten Postleitzahlen, sonst macht er aus dem Bild ein 100-Teile-Puzzle.»

«Das ist ja völlig irre. Bekommen wir jetzt eine neue Anschrift?»

Maria schüttelt den Kopf: «Natürlich *nicht*.»

«Das ist so was von absurd, deswegen klaut man doch kein Bild!»

«Für mich klingt das nach friesischem Humor. Die Insulaner halten nach außen dicht, aber mit mir reden sie. Nicht direkt, man muss zwischen den Zeilen hören können. Du kennst doch den alten Fietje ...»

«Der in Alkersum immer mit seinem Rollator rumläuft?»

«Genau. Der will die ganze Zeit im Haus gewesen sein, hat er dem BKA-Mann erzählt. Aber Britta von der Konditorei hat ihn auf der Straße rumlaufen sehen wie immer. So etwas erzählt sie natürlich nur mir. Sönke, den Fall werde *ich* lösen. Wenn ich den Täter habe, können die mich gar nicht mehr versetzen.»

«Und wenn es nicht klappt?»

«Falsche Frage», widerspricht Maria entschieden und küsst mich auf die Nasenspitze, «lass uns erst einmal essen, ich habe einen irrsinnigen Hunger.»

Das Wasser kocht, ich werfe die Pasta hinein, und wir gehen in den Wintergarten. Maria ist begeistert von meinem Tisch.

«Mann, Sönke, du hast dich ja voll ins Zeug gelegt, Wahnsinn.»

Ich zünde die Kerzen an, obwohl es noch hell ist.

«Wann kommt Jade?», will Maria wissen.

«Die ist mit Oma unterwegs und will bei ihr schlafen.»

«Die beiden verstehen sich super. Das hätte ich nie gedacht. Meinst du, Jade unternimmt auch mal was mit uns?»

«Klar, ich hole sie morgen bei Oma ab und mache mit ihr eine Radtour durch die Marsch.»

«Glaubst du, das haut sie vom Stuhl?»

«Wir werden die Insel-Friedhöfe abklappern, Süderende haben wir schon heute Morgen abgefrühstückt.»

Maria lacht: «Gute Idee. – Sag mal, Oma und Jade waren auch im Museum, hast du vorhin gesagt?»

«Sie haben da einen Malkurs gemacht.»

«Der ist unser größtes Problem.»

«Wieso?»

«Da waren an die sechzig Leute im Haus, während die Alarmanlage ausgeschaltet war. Die müssen wir alle vernehmen.»

«Oma und Jade könnt ihr schon mal von der Liste streichen. Die sind früher gegangen.»

Eine riskante Lüge. Was, wenn Zeugen sie später gesehen haben?

«Vielleicht haben die ja trotzdem was beobachtet.»

«Lass uns essen, ja?»

In diesem Moment kommt ein braun gebrannter Mann mit längeren schwarzen Haaren über den Rasen in den offenen Wintergarten. Ich schätze, er ist ungefähr zehn Jahre älter als wir, so Mitte vierzig. Auch in seinem dunklen Anzug wirkt er durchtrainiert wie ein Athlet. Sein rechter hellbrauner Mokassin-Schuh sieht komplett durchgeweicht aus, er scheint im Garten in eine Pfütze getreten zu sein. Was sucht der Typ hier?

«Moin, Tobi!», sagt Maria. Ach, sie kennt ihn?

«Tag», antwortet er und mustert mich durch eine schwarze Designerbrille.

«Das ist Sönke – Tobias», stellt Maria uns sehr knapp vor.

Tobias drückt meine Hand.

«Bundeskriminalamt», sagt er, als hätte das hier, im privaten Rahmen, irgendeine Bedeutung. Und Maria ergänzt:

«Wir kennen uns von der Polizeischule. Bevor Tobias zum BKA aufgestiegen ist.»

«Ah ja.» Maulfaul kann ich auch. Der Typ soll einfach verschwinden.

«Wie siehst du überhaupt aus?», mokiert sich Maria.

Tobias schaut an sich herunter.

«Ich habe mich mit Kaffee eingesaut. Es ist mir sehr unangenehm», sagt er, «aber ich bin heute mit dem Heli hierhergeflogen, und die haben meinen Koffer mit den Wechselsachen am Flughafen vergessen.»

Maria wendet sich an mich: «Kannst du Tobias nicht mit Klamotten aushelfen? Ihr habt doch ungefähr dieselbe Figur.»

Tobias und ich schauen uns stumm an.

Ich bin eigentlich nicht unzufrieden mit mir, aber der Herr Bundeskriminalbeamte verbringt offensichtlich einige Zeit beim Krafttraining, und es sieht leider nicht einmal übertrieben aus, sondern sehr dynamisch.

Auf seinem dunklen Anzug ist der Kaffeefleck kaum auszumachen, ich verstehe die Aufregung nicht ganz. Egal, ergeben trotte ich mit ihm ins schattige Schlafzimmer, was mir merkwürdig vorkommt mit einem Fremden, den ich vor zehn Sekunden das erste Mal gesehen habe. Im Klamottentauschen sind Mädchen geübter, von Jungen habe ich das selten gehört. Vielleicht mal eine Jacke oder einen Pullover, wenn es kalt wird – aber Unterhosen und Strümpfe?

«Was brauchst du?», frage ich.

Er scannt meinen Schrank ab.

«Den schwarzen Anzug da, einmal Jeans und Sweatshirt, wenn du hast.»

Der Fremde will meinen besten, teuersten Anzug haben? Den ich in meinem Lieblingsladen in Hamburg gekauft habe? Der so leicht ist, dass du ihn gar nicht merkst, wenn du ihn trägst? Wenn ich mir vorstelle, dass der bei einer Verfolgungsjagd zu Schaden kommt …

«Sweatshirt habe ich nicht, höchstens eine Trainingsjacke.»

Der Totenkopf des 1. FC St. Pauli ist oben rechts etwas abgeblättert, was ihn aber nicht zu stören scheint.

«In Ordnung.»

Tobias riecht nach Rasierwasser, teuer, aber überhaupt nicht meine Marke. Das bleibt doch nicht in meinen Klamotten hängen?

Er zieht seinen Anzug mit dem unsichtbaren Kaffeefleck aus.

«Und? Was macht der Bilderklau?», erkundige ich mich.

«Der Täter muss gewusst haben, dass die Alarmanlage heute ausgeschaltet ist.»

«Leichte Beute, was?»

«Na ja, es waren extra zwei Wachmänner für die Bewachung abgestellt worden. Leider hing das Gemälde in einem abgelegenen Gebäudeteil.»

Wie hätte unsere Oma professionelle Wachmänner austricksen können?

«Wie wertvoll war das Bild denn?»

«Kann man nicht genau sagen, auf jeden Fall weit im sechsstelligen Bereich.»

Ich pfeife durch die Zähne.

«Also Profis?»

«Oder ein Gelegenheitsdieb, kann ich noch nicht sagen.»

Ich deute auf seine Hose.

«Der Reißverschluss.»

«Wie? Ach ja.»

Er zieht ihn hoch.

Wir gehen zurück in den halbfertigen Wintergarten. Maria hat die Tagliatelle bereits ins kochende Wasser geworfen. Sie lächelt Tobias einladend an: «Willst du mit uns essen?»

Das kann nicht ihr Ernst sein.

Tobias schaut auf die Uhr.

«Keine Zeit.»

Gut so!

«Maria, du musst mit.»

«Ich habe Dienstschluss.»

«Ich brauche dich dringend.»

Hey, Meister, ich brauche Maria dringender!

«Essen müssen wir sowieso.»

Prinzipiell glaube ich an Gott, aber hier komme ich ins Zweifeln: Ist es Teil des göttlichen Plans, dass Maria mit einem Kollegen vom Bundeskriminalamt verschwindet? An dem Abend, an dem wir über unsere Zukunft reden müssen? Ich bin stinkesauer.

«Das könnt ihr vergessen, weil ich das nur für uns gekocht habe, Maria. Und nicht dafür, dass du das mit einem hektischen BKA-Bullen runterschlingst wie einen Hamburger im Drive-in.»

Natürlich sage ich das *nicht*, sondern murmle: «Ist ja genug da.»

«Erst klaue ich deine Klamotten, und dann futtere ich dein Essen auf», sagt Tobias. In Wirklichkeit ist es ihm kein bisschen peinlich, aber immerhin tut er so als ob.

«Ach was, setz dich.»

Gespielte Großzügigkeit meinerseits.

«Aber nur kurz.»

Tobias setzt sich auf meinen Platz, Maria verschwindet schnell im Badezimmer.

Wie teilt man zwei Heilbutte in gerechte drei Stücke? Zumal, wenn sie nicht filettiert sind und einem der Gast kritisch auf die Finger schaut?

«Was war das überhaupt für ein Bild, das geklaut wurde?», erkundige ich mich.

«Es heißt ‹Friesisches Mädchen›, von Otto Heinrich Engel.»

Ich bekomme sofort einen trockenen Mund.

«Welche? Engel hat mehrere gemalt.»

Eine böse Ahnung kriecht in mir hoch.

«‹Friesisches Mädchen› von 1940.»

«Ein Mädchen mit weißer Schürze und Zöpfen, mit einer Kastanie im Hintergrund?»

«Woher kennst du das?», staunt Tobias. «Es ist erst vor kurzem wieder aufgetaucht.»

Mir wird schlecht.

Es ist ein blöder Zufall und doch wieder nicht.

Die Riewerts waren weder Großgrundbesitzer oder Intellektuelle, noch verkehrten sie mit berühmten Leuten. Bis auf den Maler Otto Heinrich Engel, der damals in Berlin hoch geschätzt und berühmt war. Den hatten sie zufällig kennengelernt, weil er einige Sommer auf Föhr verbracht hat. Omas Eltern, die einen kleinen Lebensmittelladen in Wyk besaßen, wollten ihrer Tochter zur Einschulung etwas Besonderes antun. Deswegen hat meine Urgroßmutter meine Oma im Alter von sechs in das Glücksburger Atelier von Engel gebracht, um sie malen zu lassen. Das muss um 1940 gewesen sein.

Das Bild ist im Krieg verschollen, bevor Omas Mutter es bezahlen konnte, Oma hat mir mal davon erzählt.

Was sage ich jetzt bloß? Ich hätte nie von diesem Bild anfangen sollen …

«Och, Engel war ja damals oft auf der Insel. Und alle reden immer von diesem verschollenen Bild», murmele ich.

«Wer genau?», bohrt Herr BKA.

«Na, alle.»

Er lässt nicht locker.

«Zum Beispiel? Ich muss das wissen, vielleicht hilft es uns weiter.»

«Niemand Spezielles. Reden eben alle so daher.»

Im Zusammenhang mit der DVD mag ich an keinen Zufall mehr glauben, am Ende hat Oma wirklich etwas damit zu tun! Und die Forderung nach den alten Postleitzahlen entspricht durchaus ihrem Humor.

Zum Glück kommt Maria in diesem Moment zurück. Sie hat sich frisch geschminkt und legt ihre Hand auf meine Schulter.

«Ist das ein Verhör?», wundert sie sich.

«Ich bin für jeden Hinweis dankbar», sagt Tobias und entspannt sich wieder.

«Geschichten über diesen Engel kursieren hier Tausende», rettet mich Maria, die nichts von Oma und dem Bild weiß. «Er war der bedeutendste Maler, der je auf der Insel war.»

«Allerdings», bestätige ich.

Maria setzt sich neben Tobias.

Ich zucke zusammen, als sein Handy klingelt. «Habt ihr was …?», ruft er hinein und springt dann auf: «Ich komme.»

Vor meinem geistigen Auge führen in diesem Moment grimmige Polizisten meine geliebte Oma in Handschellen aus ihrer Wohnung. Bitte nicht!

Tobias wendet sich an Maria. «Tut mir leid, aber die Leute vom Malkurs machen Terz, weil sie nach Hause wollen. Immerhin sitzen die seit heute Mittag da. Komm, Maria, je schneller wir die Aussagen der Zeugen haben, desto schneller haben wir den Täter. Ich brauche ein möglichst lückenloses Bewegungsprofil von sämtlichen Leuten, die im Museum waren.»

Eigentlich ist es rätselhaft, dass die Polizei nicht längst auf die Spur eines asiatisch aussehenden Gothic-Mädchens mit ihrer viel zu jugendlich gekleideten Großmutter gekommen ist. Auffälliger geht es kaum.

«Klar», bestätigt Maria und rennt zum Küchenschrank. Sie schiebt ihre und Tobias' Portion in zwei Tupperboxen, dann zieht sie mich zu sich.

«Ich weiß, es ist *unser* Abend, Sönke», flüstert sie mir ins Ohr. «Normalerweise würde ich ihn zum Teufel schicken. Aber ich will lieber dranbleiben, auch für uns.»

Plötzlich werden ihre Augen feucht, was ich von ihr gar nicht kenne: «Sönke, ich will weiter mit dir hier leben.»

«Ich doch auch», sage ich. An mir liegt es ja nicht.

Sie gibt mir einen Kuss, dann verschwindet sie mit Tobias vom obersten Kriminalamt, der einen schwarzen Dienst-BMW mit aufheulendem Motor in Bewegung setzt.

Viele Feriengäste kommen Jahr für Jahr nach Föhr, um alle Betriebssysteme herunterzufahren und tiefenentspannt zurückzukehren. Und tatsächlich kehren die meisten mit neu aufgeladenen Batterien zurück. Warum gelingt mir das nicht, wo ich doch an der Quelle der Ruhe wohne? In einem idyllischen Reetdachhaus, hundert Meter vom Weltkulturerbe Wattenmeer entfernt?

Es nützt mir gar nichts!

Einige deutliche Indizien sprechen dafür, dass Oma das «Friesische Mädchen» von 1940 gestohlen hat, und das ist noch zurückhaltend ausgedrückt.

Was könnte sie zu so einer Tat getrieben haben? Und dann dieser irre Erpresserbrief!

Ich fürchte, es gibt nur eine plausible Antwort darauf, auch wenn ich die lieber verdrängen würde: Unsere geliebte Oma baut ab.

Ihr Schwächeanfall auf dem Friedhof, ihre Vergesslichkeit und nun das Bild. Wahrscheinlich hat sie sich darauf erkannt und sich für die rechtmäßige Besitzerin gehalten. Endlich hielt sie das Bild in den Händen, das sie nie gesehen und an das sie all die Jahre gedacht hatte.

Für die Polizei wäre Friederikes Videoaufzeichnung von Omas Flucht aus dem Fenster ein gefundenes Fressen. Tobias würde sie in die Mangel nehmen und nicht lockerlassen, was ihren Zustand vermutlich drastisch verschlechtern würde. Oma wäre fällig, und Maria würde von der Insel versetzt werden!

Ich will heute Abend nur noch unter einer Decke liegen und mich tot stellen.

Ob ich in vier Wochen noch mit Maria auf Föhr lebe?

Keine Ahnung!

Für mich erscheint nicht mal sicher, ob wir unsere Postleitzahlen behalten.

Mir bleibt immerhin der Pinot noir, laut Weinhändler ein Jahrgang mit sensationellem Abgang. Letzteren kann ich leider nicht bestätigen, denn die ersten Schlucke trinke ich direkt aus der Flasche.

6. Roter Punkt in grüner Marsch

Maria und ich haben ganz eng beieinander auf der Couch im Wohnzimmer geschlafen, wie Akkus, die in einer Steckdose aufgeladen werden. Da Jade bei Oma übernachtet hat, hätten wir auch ins Schlafzimmer wechseln können, aber dazu waren wir zu faul. Leider habe ich Maria nur im Halbschlaf mitbekommen, denn sie kam erst weit nach Mitternacht und ist um sechs schon wieder zum Dienst abgehauen. Die Fahndung läuft auf Hochtouren, ich kann nur noch beten.

Bloß wofür?

Dass Maria den Fall löst und auf der Insel bleiben kann? Und wenn Oma dabei verhaftet wird? Soll ich Maria die DVD verschweigen oder ihr die Wahrheit sagen?

Ich sollte erst einmal in aller Ruhe mit Oma reden, bevor ich sonst was in Gang setze. Aber wann und wie?

Ich mache ja schließlich keinen Urlaub auf Föhr, ich muss dringend arbeiten! Mein Dispo-Kredit ist fast ausgereizt, ich brauche frisches Geld auf meinem Konto, das kann ich nicht mehr verschieben.

In Hamburg habe ich jahrelang bei einer Event-Agentur gearbeitet, bis ich dort gefeuert wurde. Als ich zu Maria nach Föhr zog, habe ich erst einmal bei der «Föhr-Tou-ristik» eine befristete Halbtagsstelle bekommen. Vor einiger Zeit bin ich «outgesourct» worden. Im Klartext heißt das, ich bin selbständig und arbeite auf eigenes Risiko. Mein neues-ter Plan ist es, eines der ehrgeizigsten Projekte aus der Bi-bel zu kopieren: die Arche Noah. Anders als Noah muss ich sie zum Glück nicht selber bauen, es gibt sie bereits: die Au-tofähre «Uthlande», die uns heute Morgen auf die Insel ge-bracht hat. Ich will Pensionen, Gemeinden und Betriebe der Insel mit eigenen Ständen auf dieses Schiff laden und sie ins Herz der Hauptzielgruppe, zu den Hamburger Landungs-brücken, schippern. Dort können sich Stammurlauber und Neugierige mit einem attraktiven Programm und Ausstel-lungen über die Insel Föhr informieren.

Mein Plan ist eigentlich fix und fertig, nur die Kunden wissen noch nichts davon.

Ich habe eine Liste mit genau 241 Adressen auf der Insel, was bedeutet, ich muss 241 Leute einzeln aufsuchen und sie für mein Projekt begeistern. Wenn ich fünf am Tag schaffe, wären das 48 Tage, das ist eine Menge. Erst wenn ich das hinter mir habe, verdiene ich Geld – im besten Fall. Ich brauche vor allem die großen Inselbetriebe und Hotels, die W. D. R.-Reederei (das heißt «Wyker Dampfschiffsreederei») und nicht zuletzt das «Museum Kunst der Westküste». Aber erst einmal will ich klein anfangen, um die Stimmung für das Arche-Projekt auszuloten. Dazu ist die Hilfe von Land-wirt Hauke Hansen nötig, mit dem ich zufällig mal einen Abend an einem Tresen verbracht habe, zusammen mit Brar von den Seevögeln.

Hauke hat nur heute, am Sonntag, Zeit. Da ich Jade in der Nähe abholen soll, kann ich das mit dem Besuch bei ihm verbinden.

Nach einem kleinen Frühstück setze ich mich aufs Renn-rad. Die Temperatur an diesem Sonntagmorgen wechselt je nach Sonne und Wolkenfeldern jeweils um mehrere Grad. Der Wind kommt vom Meer; er frischt immer wieder in Böen auf. Ich habe noch genug Zeit und beschließe, ei-nen Umweg über die so genannte «Traumstraße» zu fahren, vorbei an Goting und Utersum Richtung Dunsum. Un-terwegs rolle ich über sanfte Hügel (die höchste Erhebung auf Föhr ist dreizehn Meter hoch), die festliche Panorama-Ausblicke übers Meer zur Nachbarinsel Amrum bieten. Neben dem letzten Haus vor dem Deich in Dunsum steht das uralte Mercedes-Taxi von Ocke, das ist ein Freund von Oma. Der weißbärtige Ocke trägt wie immer ein blaues Fi-scherhemd und fummelt gerade an den Scheibenwischern herum, die wohl unter dem gestrigen Sturmregen gelitten haben. Er winkt mir freundlich zu. Für einen kurzen Mo-ment überlege ich, ob ich nicht anhalten und ihn fragen soll, ob ihm an Oma etwas aufgefallen ist. Aber so viel Zeit habe ich nicht mehr.

Nach einigen Kilometern passiere ich die kleine Brücke über den Grat-Kanal. Dahinter beginnt eine riesige Weite, die mehr zum Himmel gehört als zur Erde. Die Marsch ist flach wie eine Leinwand und wird vom Himmel immer wie-der neu in den unterschiedlichsten Lichtstimmungen be-malt. Du weißt nie, was dich hier erwartet, in der Marsch kannst du euphorisch werden, aber genauso gut depressiv. Es wundert mich nicht, dass dieser Teil der Insel erst 1960 besiedelt wurde. Dem wollte sich vorher niemand aussetzen. Die ersten schlichten Rotklinkerhäuser standen verloren im Nichts, die Schwarz-Weiß-Fotos aus den frühen Jahren wir-ken trostlos. Die Bewohner pflanzten schnell wachsende Hölzer um ihre Wohnhäuser und Stallungen, die heute über den Dachfirst reichen und die Höfe wie geschützte Inseln in der grünen Weite erscheinen lassen.

Hier irgendwo ist Oma zusammen mit Jade unterwegs. Als ich sie auf ihrem Handy anrief, ging sie gleich dran. Mein erster Gedanke war beruhigend und schäbig zugleich: das kann sie also noch.

Seit einigen Minuten liegen Weiden und Felder unter schweren, grauen Wolken. Es geht stur geradeaus, der Gegenwind ist heftig. Unberechenbare Windböen machen es unmöglich, einen regelmäßigen Tret- und Atemrhythmus zu finden, auch mit äußerster Kraftanstrengung komme ich nur mühsam voran. Mitten in der sattgrünen Fläche erkenne ich kilometerweit entfernt einen winzigen roten Punkt, eine Farbe, die in der Natur hier nicht vorkommt.

Das ist mein Ziel.

Es dauert ewig, bis der Punkt größer wird, dann steht Oma in ihrem dunkelroten Hosenanzug an der verabredeten Kreuzung endlich vor mir, ihr altmodisches Hollandrad wartet am Rand der Straße. Der rote Hosenanzug ist schon auffällig genug, sollte man meinen, aber Oma ist zusätzlich in grellen Bonbonfarben geschminkt, ihre blond gefärbten Haare hat der Wind in alle Richtungen verwuselt.

Komischerweise hat sie mich nicht kommen sehen, obwohl sie doch in meine Richtung blickt. Ihr Gesicht sieht müde aus, die Augen sind matt, die Wangen eingefallen.

Was natürlich erlaubt ist mit 76 Jahren! Aber ich kenne sie doch anders.

«Moin, Oma!»

Sie schrickt zusammen.

«Sönke! Kannst du nicht klingeln?»

«Wieso sollte ich – hier draußen?»

Dann nehmen wir uns zur Begrüßung in den Arm.

«Moin, Sönke, mein Lieber.»

«Vorsicht, ich bin noch ganz verschwitzt.»

«Ich *liebe* frischen Männerschweiß!»

«Du warst eben ganz in Gedanken, was?»

Oma blinzelt mich an: «Ja, ich habe mich gerade tierisch über dich aufgeregt.»

«Was hab ich denn getan?»

«Ich finde es furchtbar, dass du auf Föhr lebst, damit du das nur weißt!»

Eine typische Oma-Ansage, schockierend ehrlich.

«Wieso?»

«Wenn ich früher einen Inselkoller bekam, hatte ich immer eine Anlaufstelle bei dir. Und jetzt?»

«Andere Großmütter freuen sich, wenn ihre Enkel solide werden», gebe ich zurück.

Tatsächlich ist Oma in meiner Hamburger Zeit oft zu mir gekommen, worüber ich mich immer sehr gefreut habe, auch wenn sie mich dabei oft an meine Grenzen gebracht hat. Einmal wollte sie auf dem Kiez mit mir in einen «Independent-Club», von dem sie in der Zeitung gelesen hatte. Sie hatte im Lexikon nachgeschlagen, dass ‹independent› unabhängig heißt. Das fand sie klasse! Ich versuchte ihr zu erklären, was Independent-Music ist, warnte sie vor lauten Bässen und drangvoller Enge, wodurch sie sich aber keineswegs abhalten ließ. Oma wollte unbedingt wissen, was unter «unabhängigen» jungen Leuten so ablief. Also fuhren wir auf die Reeperbahn in den Club und begehrten Einlass. Oma war wie immer viel zu jugendlich gekleidet, was die stumpfen Türsteher gar nicht witzig fanden: «Wir sind kein Altersheim, sterben kannst du auch woanders.» Ich beschwerte mich heftig über den Spruch. Aber Oma ignorierte das Gelaber der Typen einfach, stellte ihre Augen auf irgendetwas zwischen Melancholie und Trauer. Und konterte mit einer ebenso dicken Ansage: «Ihr habt ja recht, Jungs. Aber vor fünfzig Jahren war ich Striptease-Tänzerin in genau diesem Laden. Jetzt habe ich noch vier Wochen zu leben, da wollte ich ein letztes Mal sehen, was aus dem Club geworden ist. Wäre das möglich? Ich sterbe auch nicht bei euch, versprochen!»

Da wurden die harten Kiez-Kerle weich, und die Tür öffnete sich.

In den Kellerräumen war es so eng, dass man sich nur auf Tuchfühlung bewegen konnte. Die Gäste reagierten befremdet. Was machte die Alte hier? Oma besetzte den einzigen Platz, den man Irrläufern wie ihr zubilligte, den Barhocker. Doch sie beließ es nicht beim Beobachten, sprang irgendwann auf, riss die Arme hoch und tanzte. Da gab es niemanden im Raum mehr, der sich nicht in sie verliebte.

Das ist allerdings schon etwas her.

Ich bemerke, dass ich Oma gegenüber misstrauisch werde und anfange, alles an ihr in Hinsicht auf möglichen Verfall zu interpretieren: Reagiert sie schnell genug auf das, was ich sage? Ergibt das, was sie erzählt, Sinn?

Plötzlich rasen drei unternehmungslustige schwarze Cocker-Spaniel auf uns zu, einer der Hunde springt mit wedelndem Schwanz an meinem Bein hoch. Kein Mensch weit und breit, zu dem sie gehören könnten.

«Deine?», frage ich so neutral wie möglich.

«Ja», sagt sie geistesabwesend.

«Um Gottes willen!»

Nicht auch noch drei Hunde!

Oma schaut mich empört an: «Wieso?» Dann gibt sie Entwarnung: «Sie gehören Walter Behnke, er hatte keine Zeit zum Gassigehen.»

Ihr Hausarzt.

Ich sollte aufhören, aufgrund von Gerüchten irgendeine Diagnose über Oma stellen zu wollen! Wenn sie jünger wäre, würde ich mir gar keine Sorgen über ihren Zustand machen, dann wäre sie halt gerade «voll im Stress». Ich will ihr nicht misstrauen, nur weil sie alt ist.

Nein, ich werde so ehrlich zu Oma sein wie immer, dann wird sich alles klären, auch der Diebstahl im Museum.

«Wo steckt Jade?», erkundige ich mich. Ich hatte doch mit ihr verabredet, dass wir von hier aus eine Radtour über die Insel machen.

«Sie wollte nachkommen.»

Die schwarzen Cocker-Spaniel jagen sich gegenseitig mit hängenden Zungen über die Felder.

«Komm, wir gehen ein bisschen», schlage ich vor. Ich lehne mein Fahrrad an einen Zaun. Oma hakt sich bei mir ein, und wir laufen langsam die schnurgerade, schmale Teerstraße weiter, die am Ende mit dem Horizont verschmilzt. Die schwarzen Cocker-Spaniel rennen immer weiter weg. Obwohl die Landschaft tellerflach daliegt, schaffen sie es, vor unseren Augen zu verschwinden, bis sie eine Minute später wieder aus einem Graben oder knietiefen Halmen hervorschießen.

Oma gähnt herzhaft.

«Müde?», frage ich sie.

«Schlafen kann ich noch genug, wenn ich tot bin», weicht sie mir aus.

Schlafmangel kann einen kirre machen, wer kennt das nicht? Vermutlich ist sie deshalb etwas durcheinander, Oma muss nur mal wieder schlafen. Ihr Hausarzt Dr. Behnke soll ihr ein Mittel verschreiben, dann kommt alles wieder ins Lot.

«Kennst du schon die neusten Gerüchte über dich?», frage ich sie.

Sie verdreht die Augen.

«Will ich gar nicht hören.»

Unterwegs hat Maria mich angerufen und mir weitergegeben, was sie von einem Kollegen auf dem Polizeirevier erfahren hat. Unsere geliebte Oma scheint momentan etwas vergesslich und durcheinander zu sein.

«Ich kann es mir schon denken», blinzelt sie mir zu. «Ich war nachts im Pyjama auf der Straße nach Boldixum unterwegs?»

Genau das hat mir Maria vorhin erzählt.

«Ja.»

Mit Glück ist nichts dran.

«Haben die auch erwähnt, dass ich mich ausgeschlossen hatte?»

«Natürlich nicht.»

Einerseits bin ich erleichtert, dass es eine plausible Erklärung dafür gibt. Andererseits ist die Frage nach dem Bilderklau damit immer noch nicht geklärt.

«Die Haustür unten stand offen und hat im Sturm geklappert, ich konnte deswegen nicht einschlafen. Da bin ich runter und habe sie zugemacht. Blöderweise hat der Wind meine Wohnungstür zugeschlagen.»

«Und wie bist du wieder reingekommen?»

«Lebe ich seitdem auf der Straße, oder was?»

Weicht sie mir aus, oder ist sie beleidigt? Ich nehme sie in den Arm.

«Alles gut, Oma.»

Ihre Augen strahlen: «Mach dir keine Sorgen, mein lieber Sönke.»

Mich darf man manchmal auch nicht genauer fragen.

Zum Beispiel, warum ich mal eine halbe Stunde lang die Fernbedienung gesucht und sie schließlich im Kühlschrank gefunden habe. Dabei war es ganz einfach zu erklären: du telefonierst kurz in der Werbepause eines guten Films mit der Fernbedienung in der Hand und suchst gleichzeitig im Kühlschrank etwas zu essen. Da fehlt dir eine Hand. Also legst du die Fernbedienung kurz ab, im selben Moment erfährst du am Telefon etwas Sensationelles, haust die Kühlschranktür zu – und weg ist sie.

Plötzlich brechen die Wolken auf, und das Himmelslicht beschreibt die Marsch mit kräftigem, sattem Grün und trunkenem Blau, wie Curaçao. Der starke Wind bringt all diese Farben zum Tanzen und mischt sie nach Belieben. Die Hunde toben auf uns zu und setzen sich hechelnd vor Oma auf den Asphalt. Oma wirft einen gelben Ball die Straße hinunter, um den sie sich balgen, als hinge ihr Leben davon ab.

«Wie war der Malkurs mit Jade?», erkundige ich mich.

Womit ich mich endlich traue, mich der Kernfrage zu nähern.

«Gut.» Kommt da noch was?

Normalerweise hätte Oma mir brühwarm jede Einzelheit berichtet und über alles und jeden gelästert.

«Habt ihr was von dem Diebstahl mitbekommen?»

Oma legt ihre knochige Hand auf mein Handgelenk und beruhigt mich: «Nein.»

«Weißt du, welches Bild sie geklaut haben?»

«Nein.»

«Das ‹Friesische Mädchen› von 1940.»

«So?»

Sie tut so, als hätte sie den Titel nie gehört.

«Bist du da drauf?», bohre ich nach.

«Keine Ahnung, es ist ja verschollen.»

«War es bis jetzt.»

«Ich habe es nicht gesehen, was kann ich also sagen? Möglich ist alles. Und jetzt Schluss damit, Sönke!»

So einfach kann ich nicht lockerlassen, es geht um zu viel.

«Wieso bist du mit Jade durchs Fenster abgehauen?»

Ihr Kopf schießt herum.

«Quatsch.»

Sie ist wirklich empört.

«Ich habe es selber gesehen.»

Sie legt ein sarkastisches Lächeln auf: «Von Nieblum aus, kilometerweit entfernt.»

«Jemand hat mir Aufnahmen von einer Überwachungskamera zugespielt.»

Oma überlegt angestrengt, dann wird ihr Gesicht plötzlich hilflos und leer.

«Ich ... erinnere mich nicht.»

Sie wirkt betroffen über sich selbst. Und seltsam, ich glaube ihr.

Die Polizei allerdings würde ihren Gedächtnisverlust anzweifeln und sie notfalls irgendwohin einweisen.

Ein schreckliches Schweigen legt sich einen Moment zwischen uns, bis sich Oma innerlich aufbäumt und richtig laut wird: «Wer glaubt, dass ich mit zarten 76 Jahren ein Bild klaue?»

Auf der DVD war nur zu sehen, dass etwas Eckiges, Flaches in Omas Tasche steckte, als sie aus dem Fenster kletterte. Ob es das besagte Bild war, konnte ich nicht erkennen. Das frage ich lieber genauer bei Jade nach, die war ja dabei.

«Der Täter fordert die Postleitzahlen von vor 1993 zurück, nur dann gibt er es wieder.»

«Mann, es gibt vielleicht Verrückte ...»

Als sie das sagt, liegt plötzlich so eine Nuance in ihrem Gesicht, die mir wieder vertraut und äußerst wach vorkommt. Ich weiß genau, wann Oma spielt und wann nicht. Deswegen kann ich eindeutig sagen, dass sie jetzt nicht die Wahrheit sagt.

«Weißt du deine noch?», frage ich.

«2270 Wyk», kommt es sofort.

Ihr Langzeitgedächtnis ist voll da.

Obwohl ich in der Zeit etliche Briefe nach Föhr an Maria und Oma geschickt habe, hätte ich das nicht mehr gewusst.

Oma gähnt herzhaft und lehnt sich an einen Zaunpfahl, ihre Energie geht sichtlich in den Keller. Der Wind ist immer noch heftig. In ihrem Zustand wird sie den Rückweg kaum schaffen.

Also was tun? Ein Taxi rufen?

Von ferne nähert sich über den schmalen landwirtschaftlichen Nutzweg ein Mofafahrer, der einen Fahrradfahrer mit seinem rechten Arm neben sich herschiebt. Als sie näher kommen, erkenne ich auf dem Rad eine Frau in dunklem Ledermantel: Jade. Sie sitzt auf dem alten, rostigen Fahrrad von Opa, das Jahre unbenutzt im Keller gestanden hat. Da sie spontan bei Oma übernachtet hat, musste sie sich aus Omas Schminkkoffer bedienen. Ihre Leichenblässe ist einem gesunden, dezent gebräunten Teint gewichen, die schwarze Farbe um ihre Augen ist leicht verlaufen.

Der strohblonde Mofafahrer ist ungefähr so alt wie sie und im Gegensatz zu ihr naturbraun. Er trägt ein weißes Blouson, über seinem schwarzen T-Shirt baumelt ein Goldkettchen mit einem Seepferdchen. Sein roter Helm baumelt lässig am Lenker.

«Moin, Jade, mien Deern», ruft Oma begeistert. «Du hast ja schnell Anschluss gefunden. Ist das dein neuer Freund?»

Die beiden laufen rot an. Jade wirft dem Jungen einen entschuldigenden Blick zu, der wohl so etwas sagen soll wie: «Reg' dich nicht auf, es ist nur Familie, für die kann keiner was.»

Jaja, Omas Ansagen muss man zu nehmen wissen.

«Du bist Momme, nicht?», weiß Oma, «der Enkel von Ocke.»

Omas Freund Ocke ist der Taxifahrer, an dessen Haus in Dunsum ich vorhin vorbeigeradelt bin. Er kutschiert Oma bei Bedarf überall hin, sogar bis Hamburg, wenn es sein muss.

Momme nickt.

«Ich fahr' denn mal wieder», verabschiedet er sich verlegen von Jade, «deine Handynummer hab' ich ja.»

«Ciao!»

Es ist beiden erkennbar unendlich peinlich, vor uns zu sprechen. Schließlich geht es darum, ob sie sich wiedersehen, was sehr, sehr wichtig sein kann. Das würde ich auch nicht gerne vor Oma und meinem zwanzig Jahre älteren Cousin verhandeln.

«Moooment», ruft Oma und schiebt ihr Rad neben Mommes Mofa. «Kannst du mich zurückschieben? Ich bin ziemlich kaputt.»

Mommes Augen signalisieren mittleres Entsetzen, denn das bedeutet, er muss die alte Frau gleich anfassen. Oder sie ihn, was aufs Gleiche hinausläuft. Ich umarme sie.

«Kommst du nachher zu Arne?», frage ich.

Mein Onkel Arne feiert am Abend eine kleine Party am Utersumer Strand. Er war der erste Surfer auf Föhr und hat bis Mitte fünfzig auf den Brettern gestanden und Kurse gegeben. Das langhaarige Hippie-Idol meiner Jugend. Nach einem Bandscheibenvorfall arbeitet er nun als Strandkorb-vermieter und Partyveranstalter und feiert heute ein spontanes Fest.

«Ich schau mal», nuschelt Oma müde und umarmt Jade und mich. «Bis später, meine Kinder.»

«Ist das in Ordnung mit dem Mofa?», erkundige ich mich.

«Ja», antwortet Momme, dabei habe ich doch Oma gemeint.

Sie setzt sich aufs Rad und hält sich mit ihren knochigen Fingern an Mommes Schulter fest. Dann ruft sie die Hunde: «Dari! Menno! Biela! Es geht los!»

Momme fährt mit einem Ruck an, sodass Oma fast vom Rad fällt. Sie fängt sich im letzten Moment, und die beiden nehmen Geschwindigkeit auf. Die Cocker-Spaniel des Hausarztes laufen mit lachenden Mäulern neben den beiden her. Von weitem sieht das Ganze aus wie eine typische Teeny-Szene. Hoffentlich kommen sie heil an.

Jade und ich bleiben an der Kreuzung im Nichts zurück.

«Und nun?», fragt sie mich unfreundlich.

7. Tausche Föhr gegen iPhone

Der Wind legt nochmal einen drauf, das wild raschelnde Schilf in den Gräben schmeichelt den Ohren, es riecht nach Erde und Süßwasser aus den Gräben.

«Wo geht es lang?», fragt Jade.

«In die andere Richtung», stelle ich fest.

«Ich möchte mich sofort zu Hause überschminken.»

Ich atme tief durch.

«Wir müssen einen kleinen Umweg machen, ich muss noch etwas Geld verdienen.»

«Heute ist Sonntag», erinnert mich Jade ungläubig.

«In einer halben Stunde habe ich eine Verabredung mit einem Inselbauern, die kann ich nicht verschieben.»

«Kann ich hier warten?»

«Es geht schnell», verspreche ich.

Vorhin forderte der Gegenwind von Radfahrern so heftige Anstrengung wie bei einer Alpenüberquerung, in der anderen Richtung lässt er Jade und mich bergab rollen: Der kraftstrotzende Wind nimmt unsere Rücken als Segel und bläst uns voran, ohne dass wir viel treten müssen. Jade ist trotzdem schwer am Keuchen, Sport ist offensichtlich nicht ihr Ding, und die Kette von Opas alter Gurke quietscht unter jedem ihrer Tritte erbärmlich. Außerdem ist der schwere Ledermantel im Weg, der ihr permanent gegen die Knie schlägt und ausdauernde, runde Bewegungen mit den Beinen unmöglich macht. Aber Jade beißt die Zähne zusammen und versucht keine Schwäche zu zeigen.

«Wie findest du Föhr denn so bisher?», erkundige ich mich freundlich.

Allein die Frage bereitet ihr ein derartiges Unbehagen, dass sie sich sichtlich zusammenzieht.

«Willst du mich vollquatschen?» Für sie klingt das wohl nach der gespielten Nettigkeit eines Onkels, der sie eigentlich doof findet.

Es geschieht mir recht. Einer wie ich, der sich als Eventmanager an bestimmt 500 Buffets mehr oder weniger erfolgreich durchgelabert hat, sollte auch mal eine Niederlage einstecken können. Andererseits war das eine ganz normale Frage, finde ich. Seit ihrer Ankunft am Hamburger Flughafen hat Jade kaum ein Wort mit mir oder Maria geredet. Meint sie, mir macht das Spaß? Na ja, einen Versuch noch.

«Welcher Friedhof in Frankfurt ist eigentlich dein liebster?», frage ich.

«Was soll das denn?»

«Eine einfache Frage für einen *Goth*, dachte ich.»

«Wie kommst du darauf?»

«In Frankfurt ist es für mich der Hauptfriedhof», sage ich. «Es ist zwar der einzige, den ich kenne, aber ich finde ihn super.»

Ich meine das vollkommen ernst. Die parkähnlichen klassizistischen Anlagen sind eigentlich viel zu schön für den Tod.

«Hat sich Papa bei dir beschwert, oder was ist los?»

Sie traut mir wirklich gar nicht.

«Cord ist doch total weltfremd, der schnallt gar nichts davon. Stimmt's?»

Sie schaut mich erstaunt an.

«Übrigens gehen nicht alle Goths auf Friedhöfe», klärt sie mich auf.

«Aber die meisten *Dark Waver* wie du.»

Jetzt ist sie wirklich baff: «Wie kommst du darauf, dass ich ... Hey, mein alter Cousin Sönke kennt sich aus mit schwarzer Romantik? Ich fass es nicht.»

Es ist das erste Mal, dass sie meinen Namen ausspricht, seit Maria und ich sie am Flughafen abgeholt haben. Wenn auch zusammen mit dem Adjektiv «alt».

Tatsächlich habe ich mich gestern Abend, als Maria mit ihrem BKA-Kollegen verschwunden war, im Internet schlau gemacht. Es hat mich einfach interessiert. Bei den «Gothics» gibt es laut Internet so viele verschiedene Richtungen, dass ich nur gestaunt habe. Düsteres Auftreten und dunkle Kleidung scheint die einzige Klammer für alle zu sein. Laut Internet hat die Bewegung ihren Zenit längst überschritten, aber es gibt einen harten Kern, zu dem Jade offensichtlich gehört.

Warum nicht mit dem Tod, Trauer und Vergänglichkeit sich auseinandersetzen? Das ist ehrlich und kann zugleich romantisch sein. Als ich als Teeny jahrelang unglücklich in Maria verliebt war, war ich auch extrem empfänglich für derartige Themen.

«Dafür, dass wir im Fernsehen nie vorkommen, kennst du uns aber gut.»

Auf die Idee, dass ihr alter Cousin einfach nur gegoogelt hat, kommt sie gar nicht.

«Kennst du auch NDT?», erkundigt sie sich.

«Äh, das sagt mir jetzt nichts auf Anhieb.»

«**N**eue **D**eutsche **T**odeskunst.»

Wie bitte? Irgendwie war meine Recherche wohl nicht ganz vollständig. Hoffentlich ist das nichts, worauf Gefängnis steht.

«Ach so.»

Das erste Mal ahne ich bei Jade so etwas wie den Anflug guter Laune.

«Weswegen bist du wirklich hier?», frage ich. «Doch nicht wegen der Wurzeln deines Vaters?»

Ihr Blick geht unverändert geradeaus.

«Das willst du nicht hören.»

«Spuck's aus.»

Sie dreht ihren Kopf zur Seite und guckt mir giftig in die Augen.

«Papa hat mir ein iPhone mit Vertrag versprochen, wenn ich vierzehn Tage durchhalte.»

Als ob Föhr eine Gefängnisinsel wäre. Auf so eine Idee kann auch nur Cord kommen. Was verspricht der sich von einer erzwungenen Familienzusammenführung? Wo er doch selbst Jahrzehnte nicht auf Föhr war, weil ihn alles hier an seinen verhassten Vater erinnerte.

«Die Riewerts sind eine kaputte Familie.»

«Sagt wer?»

«Mein Vater.»

Am liebsten würde ich Jade mit der nächsten Fähre nach Hause schicken. Cord hätte ruhig sagen können, was er uns da zumutet. Warum muss ich mit einem Mädchen zusammenwohnen, die bei uns nur ihr teures Handy absitzen, ansonsten aber nichts mit uns zu tun haben will? Und wenn sie dreimal meine Cousine ist, ich bin kein Punching-Sack für verhaltensgestörte Teenager! Aber ich muss mich wohl zusammenreißen, Oma zuliebe. Jade kann immerhin als einzige ihre Unschuld bezeugen.

«Zählst du Oma auch dazu, zu der kaputten Familie?»

«Nein. Oma ist klasse.»

Na, wenigstens das.

«Weiß sie von dem iPhone?»

Das trifft sie. Vor Oma will Jade nicht als geldgeiles Luder dastehen. Wahrscheinlich fragt sie sich jetzt, ob ich das Oma weitererzähle. Sollte diese unausgesprochene Drohung unser Verhältnis harmonischer gestalten, hätte ich nichts dagegen.

«Wie war euer Malkurs?», frage ich, um zum Wesentlichen zu kommen.

«Ganz o. k.»

«Was hast du gemalt?»

«Wieso?»

«Interessiert mich einfach.»

«Ist doch egal».

Zäh ist das Luder!

«So geheim?»

Sie schaut mich gelangweilt an.

«Ein Grab mit einem Menschen, halb Engel, halb tot.»

«Und Oma?»

«Einen Strandkorb, der halb unter Wasser steht. Das war ein Traum, den sie in der Nacht davor gehabt hat.»

Ich kann leider nicht lockerlassen.

«Und was für ein Bild hatte Oma bei sich, als ihr aus dem Fenster geklettert seid? War es das mit dem Strandkorb?»

Jade tritt fester in die Pedale und versucht, ein wenig vorweg zu fahren, aber ich bleibe neben ihr.

«Ich verstehe nicht, was das Geheimnis daran sein soll.»

Sie wird richtig sauer.

«Ich möchte nicht darüber reden, o. k.?»

«Warum nicht?»

«Es ist meine Sache – und Omas.»

Viel weiter bringt mich Jade nicht.

Vielleicht ist es auch besser, wenn ich gar nicht weiß, ob Oma schuldig ist. Eines bleibt Fakt: Wenn Friederikes DVD in die Hände der Polizei geriete, würde Oma mächtig Ärger bekommen. Und das könnte sie momentan gar nicht gebrauchen.

Ich hole tief Luft.

«Egal, warum ihr aus dem Fenster ausgestiegen seid», sage ich. «Maria darf davon nichts erfahren!»

Jade blickt mich mit großen Augen an. Mit dieser Wendung hat sie nicht gerechnet.

Ich auch nicht, es ist mir einfach so herausgerutscht.

8. Talkshow

Der Himmel sieht schon etwas freundlicher aus, an einigen Stellen meine ich bereits ein Graublau zu erahnen. Jade und ich rollen mit unseren Rädern auf den Hofplatz von Hauke Hansen in Toftum. Er passte hervorragend aufs Autodeck und wäre mein erster zahlender Kunde. Sein Hof liegt am Rande von Toftum, das genau genommen ein Ortsteil von Oldsum ist. Vor der Scheune rechts steht sein altes Friesenhaus, das ein bisschen anders aussieht als die perfekt renovierten Wochenenddomizile der Hamburger Ärzte und Unternehmensberater: Das rote Mauerwerk sieht schmutzig und mürbe aus, die Kanten bröckeln, das Reetdach ist vermoost und wurde an einigen Stellen durch Blechplatten ersetzt. Die Scheune ist aus neuem Waschbeton, der im oberen Teil mit grünem Blech verblendet wurde, die gesamte Dachfläche ist mit Solarzellen bestückt. Neben der Scheune gammelt ein schmutzig weißer Toyota Land-Cruiser mit abmontierten Kennzeichenschildern und fehlender Beifahrertür vor sich hin.

«Du kannst draußen warten», biete ich Jade an.

«Bin wohl nicht vorzeigbar.»

Ich atme tief durch.

«Dann komm mit.»

Jade verschränkt ihre Arme. «Nee, keinen Bock.»

Tolles Spiel.

«Es stinkt hier», beschwert sie sich.

«Denk immer an das iPhone.»

Ich gehe auf die offene Scheunentür zu. Hauke kniet vor einer rostigen Achse, die auf dem Betonboden liegt, seine Bewegungen wirken langsam und bedächtig. Mit einer Flex fährt er vorsichtig in das verrostete Eisen, was einen fürchterlichen Lärm produziert, Funken sprühen nach allen Seiten. Er muss wahrgenommen haben, dass ich hereingekommen bin, lässt sich durch mich aber nicht ablenken.

Also warte ich.

Hauke ist groß, er wirkt breit und massig, sein Haar ist grau, kräftig und voll, er trägt schwarze Gummistiefel, eine braune Latzhose und eine blaue Arbeitsjacke. Ich weiß von Brar aus dem Chor, dass der Endfünfziger seit seiner Scheidung alleine auf dem Toftumer Hof lebt. Sein Vieh hat er abgeschafft und eine GbR gegründet, die eine Biogasanlage mit Mais versorgt, ungefähr achtzig Häuser bekommen von seinen Feldern Energie geliefert.

Natürlich muss ich keinen Maisbauern auf meine Arche bekommen.

Aber Hauke hat ein Hobby, das ihn hochattraktiv für jede Inselpräsentation macht: er sammelt und restauriert Kutschen, die er mit seinen vier Pferden gerne über die Insel bewegt. Von Einspännern bis zum Vierspänner, mit Verdeck oder mit festem Chassis, steht alles hier in der Scheune, teilweise mit großen Planen verdeckt, sodass man nur die großen Holzspeichenräder sieht.

Nach einer Weile setzt er die Flex ab und richtet sich auf.

«Moin», sage ich.

«Moin.»

Er klingt nicht so, als ob er mit mir schunkeln wollte, aber auch nicht unfreundlich. Automatisch passe ich mich ihm an und versuche, so wenig Worte wie nötig zu benutzen.

«Ich komm wegen der Kutschen.»

«Hmmh.»

«Machstu noch Ausfahrten?»

«Jo.»

«Brauchste Werbung?»

«Immer.»

«Auch in Hamburg?»

Er schaut mich prüfend an: «Du willst mit der Fähre nach'e Landungsbrücken?»

Es ist also schon rum.

«Jo.»

«Wer ist dabei?»

«Friederike mit Kacheln und Arne mit Strandkörben.»

Natürlich darf Friederike ihre Kacheln umsonst ausstellen, für die DVD bin ich ihr das schuldig. Und Arne, Marias Vater, muss als Mitglied der Riewerts-Sippe natürlich nichts für seine Strandkörbe zahlen.

«Denn hast ja noch Platz.»

Bei einer momentanen Auslastung von drei Prozent kann man das so ausdrücken.

Er kratzt sich wieder am Bart.

«Ich überleg's mir.»

«Jo.»

«Neue Freundin?»

Er deutet mit dem Kopf hinter mich.

Ich drehe mich um.

Jade kniet in ihrem Ledermantel neben einer kleinen schwarz-weiß gescheckten Katze auf dem Hofplatz und streichelt sie. Dass sie erst fünfzehn ist, kann man unter der ganzen Schminke nicht erkennen.

«Meine Cousine Jade.»

Jade betritt die Scheune.

«Thailand?», fragt Hauke und lächelt Jade an: «Moin.»

«Meine Mutter ist aus'm Katalog», sagt Jade, ohne eine Miene zu verziehen.

«Thailand? Dann kannst du sicher Kung-Fu?», antwortet Hauke. Seine Augen lachen angriffslustig.

Thailand und Kung-Fu? Wie kommt er auf so einen Quatsch?

«Klar, schwarzer Gürtel», erklärt Jade. Ausgerechnet Jade.

«Kleines Kämpfchen?», fordert er sie auf.

Sie lässt ihren Ledermantel fallen und imitiert eine Kung-Fu-Haltung. Der sonst so bedächtige Hauke hat sie so schnell gepackt, dass ich gar nicht mitbekomme, wie, dann steht sie auf einer Kutsche.

Jade kriegt sich gar nicht wieder ein.

«Beest dü ei rocht uun 't Hood? Ha ick di wat den?», ruft sie wütend.

Spinnst du? Habe ich dir was getan?

Meine Kinnlade sackt nach unten. Jade spricht Friesisch? Auch Hauke versteht die Welt nicht mehr.

«Ik thoocht, de könnst Kung-Fu.»

Ich dachte du kannst Kung-Fu!

«Dat wiar. Ik könn ei ens 100 Meter luup, saner Loft tu haalen.»

«Das war ein Witz. Ich kann nicht mal 100 Meter laufen, ohne nach Luft zu schnappen.»

Er lacht.

«Det as slacht.»

Das ist aber schlecht.

Ich starre Jade an: «Woher kannst du Friesisch?»

Sie spricht besser Fering als ich!

«Von meinem Vater. Das war in Frankfurt unsere Geheimsprache.»

«Komisch. Als Cord das erste Mal nach zwanzig Jahren wieder auf die Insel kam, hat er sich geweigert, auch nur ein Wort Friesisch zu sprechen.»

Jades Vater muss sich trotz der schmerzenden Erinnerung all die Jahre wie ein Wahnsinniger nach Föhr gesehnt haben. Hauke kratzt sich am Bart.

«Cord as dan Aatj? As det was?»

Cord ist echt dein Vater?

«Jä was. Käännst dü ham?»

Ja. Kennst du ihn?

«Jä.»

Hauke winkt Jade zu sich: «Schük dü man e waanj ütj.»

Du suchst die Kutsche aus.

Das kann ich als Zusage werten. Mein erster zahlender Kunde!

«Mein Sohn war übrigens auch Gruftie», sagt Hauke.

«Ich bin kein Gruftie», protestiert Jade.

«Als mein Sohn das war, was du bist, hieß das noch Gruftie.»

Er wühlt in seiner Kiste und reicht Jade ein silbernes Petruskreuz mit schwerer Eisenkette.

«Richtig schwer», staunt sie. Ihre Augen leuchten.

«Selbst geschmiedet.»

«Kostet?», erkundigt sich Jade.

Hauke kratzt sich am Bart. «Geschenkt. Mein Sohn braucht das nicht mehr.»

Man hört plötzlich, wie draußen mehrere Wagen mit hoher Geschwindigkeit auf den Hof preschen.

«Besuch», sage ich und lächle dabei. Wir gehen beide zum Scheunentor.

Hätte ich bloß nicht gelächelt.

Allein die Geschwindigkeit ist bemerkenswert, mit der der BKA-Mann Tobias seinen schwarzen BMW auf Hauke Hansens Hof lenkt, während das aufgesetzte Blaulicht aufgeregt Vorfahrt auf dem landwirtschaftlichen Weg einfordert, der vollkommen frei ist. Hauke packt mich grob an der Schulter: «Hast du die geschickt?»

«Ich? Wieso das denn?»

«Weil deine Alte dabei ist.»

Jetzt erst entdecke ich Maria, die neben Tobias im Wagen sitzt und unglücklich zu mir hinüberschaut.

«Ich wusste nichts davon», beteure ich.

Jade verdrückt sich in eine geschlossene Reisekutsche im letzten dunklen Winkel der Scheune. Tobias kommt mit Maria gemächlich auf mich und Hauke zu. Mir erscheint das wie eine Art falscher Film: Hier findet eine Polizeiaktion statt, und der leitende Kommissar trägt *meine* Klamotten, *meinen* besten schwarzen Anzug, unter seinem Jackett *mein* St.-Pauli-Kapuzen-Sweatshirt mit dem abgeknabberten Knochen, und darunter *meine* Unterhose und *meine* Strümpfe!

Und das Schlimmste, neben ihm geht *meine* Liebste!

Vor drei Wochen hatten Maria und ich ein wunderbares Wochenende in Kopenhagen. Obwohl die dänische Hauptstadt eine unserer Lieblingsstädte ist, merkten wir, dass wir möglichst lange in unserem riesigen Hotelbett bleiben wollten. Keiner von uns fühlte sich verpflichtet, draußen Pflaster zu treten, wir haben unser Zimmer das ganze Wochenende kaum verlassen und es uns richtig gut gehen lassen.

Jetzt nicken wir uns zu wie zwei entfernte Bekannte.

«Hallo!», grüßt Tobias schneidig.

Maria schweigt betreten.

«Moin», knurre ich.

Hauke sagt gar nichts, er schaut stur an Tobias und Maria vorbei.

«Sorry, ich habe einen Fleck in deinen Anzug gemacht, den bekommst du natürlich gereinigt zurück – auf Staatskosten», entschuldigt sich Tobias bei mir.

Von Hauke kommt ein undefinierbares Schnalzen. Dass ich Tobias meine Kleidung geliehen habe, ist für ihn der endgültige Beweis, dass ich etwas mit der Polizeiaktion auf seinem Hof zu tun haben muss.

«Hast du das Totenkopf-Shirt im St.-Pauli-Fanshop gekauft?», will Tobias wissen.

«Das gibt es auch am Hamburger Flughafen, wenn du zurückfliegst.»

Was hoffentlich bald sein wird.

«Bist du privat hier oder beruflich?», fragt Tobias.

«Beruflich», antwortet Maria für mich. Wir werfen uns einen kurzen Blick zu.

«Auf'n Sonntag?», wundert sich Tobias. «Du hast es auch nicht leicht, was?» Er dreht sich zu Maria: «Wie wir, was? Das Verbrechen kennt keine Feiertage.»

Hoho.

Maria verzieht keine Miene.

Bisher hat Tobias kein Wort zu Hauke gesagt, und das, obwohl der die ganze Zeit direkt neben uns steht. Ich fühle mich mies dabei, von Tobias als «guter Kumpel» vereinnahmt zu werden, ich bin aber gleichzeitig vollkommen bewegungsunfähig. Eine glatte Niederlage.

«Wird das hier 'ne Talkshow?», meldet sich Hauke nun endlich, ohne Tobias anzuschauen.

Tobias dreht sich zu ihm, als hätte er ihn gerade erst entdeckt.

«Winter, BKA», schnarrt er, sein Plauderton ist plötzlich verschwunden. «Wissen Sie, warum wir hier sind?»

«Runter von meinem Grundstück!», bellt Hauke.

«Wir suchen ein gestohlenes Gemälde. Dürfen wir uns bei Ihnen mal umsehen, Herr Hansen?»

Hauke verschränkt demonstrativ die Arme. «Durchsuchungsbeschluss?»

«Noch ist es eine reine Befragung.»

«Ich ruf meinen Anwalt an», verkündet Hauke. Äußerlich wirkt er ruhig wie immer.

«Ich schlage vor, das klären wir unter uns, dann sparen Sie eine Menge Geld, Herr Hansen.»

«Das ist es mir wert.»

«Wo waren Sie gestern zwischen zwölf und dreizehn Uhr? Das wissen Sie vielleicht auch so.»

«Auf'm Trecker.»

«Zeugen?»

«Keine.»

«Schlecht.»

«Und jetzt ...?»

«... prüfen wir Ihr ganzes Leben. Was Sie schwarz verdienen, wen Sie kennen, alles. Sie sind immerhin einschlägig vorbestraft.»

Auf den Nachbargrundstücken sind die Leute vor die Tür getreten, um zu sehen, was sich da auf Haukes Hof abspielt.

Maria geht zurück zum Dienst-BMW von Tobias und lehnt sich an die Motorhaube. Ich folge ihr. Am liebsten würde ich auf der Stelle ihren schlanken, langen Hals küssen, um die Spannung zu lockern.

«Den Kunden bin ich los», beschwere ich mich leise bei ihr. Was ich eigentlich sagen möchte: «Lass uns hier abhauen und zusammen schlafen.»

«Hauke Hansen als Dieb, mal ehrlich …»

Maria beißt sich kurz auf die Unterlippe. «Tobias hat alle Insulaner durch die Computer gejagt, und der hat bei Hauke Alarm geschlagen. Hauke wollte den Hof seines Vaters erst nicht übernehmen, er hat zehn Jahre in Hamburg gelebt. Da hat er mächtig auf den Putz gehauen, wusste ich auch nicht.»

«Was hat er denn Schlimmes gemacht?»

«Bilder aus der Kunsthalle abgehängt, auf einen Haufen gelegt und in Papier gewickelt.»

«Hauke?»

«Er wollte mit ein paar Leuten gegen die Sparpolitik des Senats protestieren.»

«Das heißt aber doch noch lange nicht, dass er das ‹Friesische Mädchen› geklaut hat», fluche ich.

«Natürlich nicht», sagt sie. «Aber wir müssen dem nachgehen.»

Neben uns in der Scheune wird es nun richtig unangenehm. Tobias hat sich provozierend vor Hansen aufgebaut und grinst ihm verächtlich in die Augen. Primitivste Anmache, wie aus einem Lehrfilm für Ghetto-Kids. Blöderweise springt Hansen darauf an; er packt Tobias am Anzugkragen (*meinem* Anzugkragen!) und schüttelt ihn durch. Darauf hat der nur gewartet. Obwohl Hansen einiges mehr wiegt, wirft Tobias ihn mit einem gekonnten Dreh zu Boden und nimmt ihn in den Schwitzkasten. Hansen läuft puterrot an, was Tobias nicht bewegt, lockerzulassen.

Maria rennt hinüber zu Hansen und macht etwas, das mich total verwirrt: Sie legt ihre linke Hand in Tobias' Nacken und streift ihm mit der anderen Hand sanft über den Arm.

«Hey, Tobi», säuselt sie leise.

Tobias starrt sie an, als hätte sie ihm gerade eine Liebeserklärung gemacht. Er wird ganz weich und lässt los. Hauke rollt sich stöhnend zur Seite. Maria und Tobias schauen sich tief in die Augen, als seien sie seit ewigen Zeiten zusammen. So eng ist Maria mit Fremden sonst nie: ist das irgendein Trick aus der Polizeischule? Oder was ist da los zwischen ihr und Tobias? Hauke und Tobias stehen auf.

«Wir sehen uns wieder, Herr Hansen», kündigt Tobias an. Es klingt nun plötzlich sehr zivilisiert und alles andere als bedrohlich.

Jade huscht plötzlich an allen vorbei aus der Scheune heraus, springt auf ihr altes Fahrrad und radelt mit quietschender Kette vom Grundstück.

«Warte!», rufe ich. Doch sie fährt einfach weiter.

«Wo will sie hin?», frage ich Maria, «Jade kennt nicht mal die Richtung zu uns.»

Maria stemmt ihre Arme in die Hüften. «Vielleicht sollte ihr jemand helfen ...?»

Ich bleibe regungslos stehen, Maria zieht eine Augenbraue hoch, «... zum Beispiel jemand aus der Verwandtschaft?»

«Jaja, bis später.»

Wir küssen uns flüchtig auf die Wange.

«Bis später.»

«Sehen wir uns gleich bei Arnes Strandparty?»

Maria beißt sich kurz auf die Unterlippe. «Ich hoffe es. Versprechen kann ich es nicht, du siehst ja, was hier so abgeht.»

Die Lage wird immer unübersichtlicher. Ich kann nur hoffen, dass sich das, was hier auf Hansens Hof passiert ist, nicht auf Föhr herumspricht. Wenn Hauke behauptet, ich wäre eine Art Polizeispitzel, läuft meine Arche auf Grund, bevor sie in See gestochen ist. Ich springe aufs Rennrad und umfahre schwungvoll den schwarzen BMW, auf dem das Blaulicht immer noch blinkt.

Nach wenigen Metern habe ich Jade eingeholt, die entschlossen in die schlecht geölte Pedale tritt. Sie will so schnell wie möglich weit weg vom Polizeieinsatz, genau wie ich. Wir radeln nebeneinander durch das alte Bauerndorf Oldsum mit seinen eng zusammenstehenden, wunderschönen Reetdachhäusern. Die Galerie «Art und Weise – Entspannungsmusik» lassen wir links liegen, wir steuern den Edeka-Markt «b. C. Rickmers» an der Hauptstraße an. Jade kauft sich ein Mineralwasser und kippt fast einen Liter in sich hinein, dann bringt sie die Pfandflasche brav zurück.

«Das war krass eben», stöhnt sie, «oder?»

«Vielleicht hat Hauke das Bild ja wirklich geklaut», sage ich. «Was wissen wir schon?»

«Das glaubst du doch selbst nicht.»

«Mensch, Jade, wenn Oma das Bild hat und du es weißt, musst du es mir sagen», versuche ich es nun direkt. «Ich will doch nur verhindern, dass ihr etwas passiert.»

Jade beugt sich flach nach vorne gegen den Wind. «Die Kutschen kannst du vergessen, oder?»

Sie will einfach nichts verraten, da kann man nichts machen.

«Vielleicht kannst du ja bei Hauke ein gutes Wort für mich einlegen», bitte ich.

«Können wir jetzt nach Hause fahren?»

«Gerne, aber lass uns vorher beim Sonnenuntergangsfest von Arne vorbeischauen, ja?»

«Untergang klingt sympathisch», murmelt Jade mit einem kaum wahrnehmbaren Lächeln.

9. Familie Riewerts tanzt

Es gibt auf Föhr ganz besondere Festtage, an denen das Wattenmeer zur Bühne für ein einzigartiges Schauspiel wird, hundert Kilometer lang und unendlich hoch. So wie am heutigen Sonntagabend.

Der Himmel zitiert die Farben der Südsee und mischt sie mit nordischem Sommerlicht, ohne jede Scheu vor Kitsch: Die Abendwolken werden knallrosarot bis lila angemalt, in den Pfützen des Watts leuchten Bonbonfarben von gelb bis kakaobraun. Autofahrer halten an und steigen aus, um zu schauen, Einheimische und Touristen pilgern an die Wasserkante, die Leute schalten den Fernseher aus und treten vor ihre Häuser.

Jade und ich stellen die Fahrräder hinterm Deich beim Utersumer Kurhaus ab und eilen die Treppen hoch. Der Anblick reißt einen förmlich nieder, und warm ist es dazu.

Die Außenterrasse des Kurhauses ist voll besetzt. Die Gäste blicken gemeinsam in den Abendhimmel und tuscheln leise miteinander. Jade und ich ziehen unsere Schuhe aus; wir gehen hinunter zum Strand, von wo entspannte Musik zu uns herüberschallt. Der Sand ist noch warm, die feine Körnung massiert beim Gehen angenehm die Fußsohlen. Überall stehen Arnes Strandkörbe herum, sie sind mit Lichterketten verbunden, an denen chinesische Lampions und bunte Glühbirnen hängen. Es sind ganz verschiedene Leute gekommen, junge und ältere. Keiner der ungefähr fünfzig Gäste, die oder der nicht ergriffen zwischen der sandigen Südspitze Sylts und der Nordspitze Amrums aufs offene Meer unter dem bunten Himmel schaute.

Auf zwei blauen Strandkörben stehen mittelgroße Musikboxen. Mein Onkel Arne hockt etwas entfernt davon in seinem grünen Vermieter-Strandkorb mit der schwarzen Rückennummer 001 und schickt dem Mischpult neben sich sanfte Bassbeats in den Sonnenuntergang.

«Mann, Arne ...», stammle ich, als ich mit Jade vor ihm stehe. Sein Anblick ist ein Schock für mich, er wirkt auf mich wie ein Fremder. Mein Onkel hat bisher seine Freak-Frisur auch durchgehalten, als die Haare merklich dünner wurden; für einen kläglichen Pferdeschwanz reichte es noch. Nun steht er mit stoppelkurzen blonden Borsten vor uns, die sich kaum von den nackten, braun gebrannten Hautflächen auf seinem Kopf abheben.

«Was ist passiert?», frage ich schockiert.

Er begrüßt mich und Jade mit coolem Handschlag. Dann umarmt er uns herzlich, auch Jade, was die ohne Kommentar geschehen lässt. Irgendetwas scheint sich bei ihr gelöst zu haben.

Arne erzählt, dass er diese Party deswegen veranstaltet, weil er beim Friseur gewesen sei und dies eine historische Zäsur darstelle, ab jetzt beginne für ihn ein neuer Lebensabschnitt. Was genau er damit meint, führt er nicht aus. Ich frage nicht nach. Arne hat in dem Jahr, das ich auf Föhr lebe, an die zehn neue Lebensabschnitte begonnen. Den bunten Partyhimmel überm Wattenmeer sieht er als göttlichen Segen für einen Neuanfang; als geborener Insulaner hätte er allerdings auch im strömenden Regen gefeiert.

Unsere Familie ist vollzählig erschienen: Meine fast gleichaltrige Cousine Regina trägt neuerdings schulterlange blonde Locken und knallenge weiße Jeans, die ihre Schlankheit betonen sollen. Sie hat bestimmt zwanzig Kilo abgenommen, seit sie keinen Alkohol mehr trinkt und strenge Diät hält. Leider nervt nun ihr penetranter Missionsanspruch: Man kann in ihrer Gegenwart keine Currywurst mehr essen, ohne sich einen Vortrag über tierische Fette anzuhören. Ihr Mann Holger, der bei der Stackmeisterei für die Bojen rund um die Insel zuständig ist, sitzt auf einem Klappstuhl und raucht Pfeife, ihr übergewichtiger vierzehnjähriger Sohn John versucht vergeblich ein spitteldünnes gleichaltriges Mädchen anzubaggern, indem er es vollquatscht. Mit Jade redet er übrigens kein Wort; die löst mit ihrem Aufzug offenbar ernsthafte Angst bei ihm aus.

Oma ist natürlich auch da. Keine Spur von Müdigkeit, im Gegenteil. Sie tanzt sich in Trance wie eine Hippiebraut und schleudert theatralisch ihre Arme in die Luft, wie damals im Independent-Club. Ich denke, sie bewegt sich so wild, um ihre Müdigkeit zu bekämpfen. Auf ihr T-Shirt hat sie das Oberteil der traditionellen Friesentracht drucken lassen, dazu trägt sie eine enge türkisfarbene Leinenhose. Jade begutachtet Omas filigranes Brustamulett aus Silber, das sie sich übers T-Shirt gehängt hat, es gehört zur Originaltracht. Der Schmuck besteht aus zehn bis zwölf Knöpfen sowie einer mehrgliedrigen Hakenkette mit den traditionellen Symbolen Kreuz, Herz und Anker.

«Genau das war doch auch auf dem Grab von Brar und Antje Riewerts, oder?», fragt Jade.

Oma zieht ihre rechte Augenbraue hoch.

«Was soll das heißen?», tadelt sie Jade sanft und kneift sie in die Wange. «Dass ich ins Grab gehöre?»

Jade ist ganz erschrocken. «Das wollte ich damit nicht sagen.»

«Lass man, mien Deern, ich habe den Text für meinen Grabstein schon fertig», klärt Oma sie auf.

Das ist mir neu. «Nicht im Ernst», hake ich nach.

«Bevor meine Familie irgendeinen Mist schreibt, mache ich es lieber selber», erklärt Oma entschlossen. Sie ist eben sehr eigen.

«Lass mal hören – oder soll es eine Überraschung werden?»

Oma zögert keinen Moment, sie streckt ihren schlanken Hals und hebt ihren rechten Arm mit ausgestrecktem Zeigefinger hoch in die Luft:

> «Imke Rieuwerts,
> geb. 22. 7. 1934, gestorben 22. 7. 2054
> wurde dank der Apparatemedizin
> plus ein bisschen Homöopathie
> gesunde 120 Jahre alt.
> Sie hatte einen Mann auf Föhr, mit dem sie
> vier wunderbare Kinder aufzog, und
> einen Geliebten auf Amrum.
> Hier ruhen meine Gebeine – ich wollt',
> es wären deine!»

Ich kenne meine Oma so gut, dass ich weiß: Sie meint das vollkommen ernst. Sollte dieser Text in einen großen Feldstein eingemeißelt auf dem Friedhof von St. Laurentii abgeliefert werden, gibt es zwei Möglichkeiten: entweder wird er vom Pastor verboten oder auf einer Postkarte gedruckt.

Als Momme kommt und auffällig-unauffällig nach Jade sucht, ist ihr Glück perfekt. Jade setzt sich neben ihn mit dem Rücken zur See und blickt amüsiert auf ihre tanzende Familie. Natürlich spielt ihr Onkel Arne die falsche Musik, und richtig wohl fühlt sie sich nur unter anderen schwarzen Romantikern. Trotzdem sieht sie nicht ernsthaft unzufrieden aus.

Ich ziehe mich auf eine Düne zurück, auf der ich mich lang mache und in den Bonbon-Himmel schaue, auch wenn das ohne Maria nur halb so schön ist. Ich hoffe sehr, dass sie es noch schafft. Unser Zusammentreffen bei der Polizeiaktion war ein wirklich blöder Zufall, aber Föhr ist eben überschaubar.

Schwerer Zigarrenrauch erreicht meine Nase. Ich finde es aber gar nicht unangenehm, es muss eine gute Marke sein. Ich richte mich auf.

Ein paar Meter weiter steht ein graumelierter älterer Herr und schaut ergriffen ins Watt: Kapitän Petersen von der W. D. R.-Reederei, der Oma morgens vorgewarnt hat, dass wir kommen.

«Moin, Petersen, du hast das Meer doch häufiger gesehen als wir alle», wundere ich mich.

«Das Staunen darüber hört nie auf», seufzt er. Beruhigend irgendwie.

Langsam wird es dunkel und Arnes Musik schneller, die Beats hämmern mit über 120 Schlägen pro Minute in den Raum.

«Und was sagt der Shantysänger zur Musik?», erkundige ich mich vorsichtig beim Kapitän.

«Die Bässe erinnern mich an die Seefahrtsschule, als wir beim alten Schmidt Morsezeichen gelernt haben. Schmidt war damals schon uralt; er ist noch auf Viermastern um Kap Hoorn gefahren.»

Als Morsezeichen habe ich die Bässe noch nie gehört.

«Irgendwo im All werden diese Zeichen ankommen», ist Petersen sich sicher. «Und irgendwann bekommen wir auch Antwort.»

Ich weiß nicht recht, wie ernst er das meint, aber an diesem Abend, bei diesem Sonnenuntergang, bin ich in der Stimmung, alles zu glauben.

«Übrigens ein Tipp wegen deiner Arche …»

Petersen und ich haben nie darüber gesprochen. Ich bin trotzdem nicht erstaunt, dass er es weiß. Föhr ist klein, und Hauke Hansen hatte ja auch schon davon gehört.

«… gute Idee!»

Mir wird richtig warm vor Freude. «Danke.»

Er sucht meinen Blick. «Läuft bloß nicht an, oder?»

«Wer sagt das?» Solche Gerüchte können das Projekt abwürgen, bevor es gestartet ist.

«Ich.»

Ich gebe mich locker: «Das braucht seine Zeit.»

«Es gibt auch einen handfesten Grund dafür», sagt er.

«So?» Mir wird fast schlecht vor Neugier, denn Petersen kennt sich auf Föhr aus wie kaum ein Zweiter.

«Du bist im falschen Chor.»

Das ärgert mich richtig: «Was hast du gegen die Seevögel?»

«Gar nichts.»

«Aber?»

«Da machen zu wenig echte Insulaner mit.»

«Die wohnen alle auf Föhr.»

«Nicht gebürtig.»

Ich werde ein bisschen spitz: «Das hört man beim Singen aber nicht.»

«Das ist gar nicht der Punkt. Bei unseren Knurrhähnen singen die Chefs von wichtigen Inselbetrieben mit.»

Was gibt es Schöneres, als bei einem sanften Beatmix über sanft hin- und herwiegende ältere Herren im Shantychor zu reden?

«Jens Jensen vom Café Friesentraum, der Verwaltungsleiter der Inselklinik, Lükki von der Feuerwehr: Wenn der sich für dich einsetzt, hast du sie alle im Sack.» Und er fügt etwas hinzu, was wie eine Einladung klingt: «Wir üben jeden Dienstagabend in der *Eilun feer skol.*»

Petersen hat natürlich recht. Aber Shantys?

«Ich überleg's mir.»

Sie gehören immerhin seit meiner Kindheit zu den Hafenfesten wie Fischbrötchen und Bier.

In diesem Moment taucht Maria zwischen den Strandkörben auf und läuft mit hochgerecktem Hals und strahlenden braunen Augen auf uns zu. Endlich! Wenn ich sie nicht schon lieben würde, hätte ich mich spätestens jetzt in sie verliebt.

Sie hat sich umgezogen und trägt eine andere Marlene-Dietrich-Hose, diesmal in hellbeige, dazu eine weiße Bluse, über ihre Schultern hat sie sich einen hellblauen Pullover gehängt. Wir pressen uns so dicht aneinander, als wären wir seit Monaten getrennt gewesen. Maria fühlt sich weich an und riecht gut wie immer. Sie zieht mich weiter weg auf die Nachbardüne.

Eigentlich darf man dieses Gebiet wegen des Küstenschutzes nicht betreten, aber wir machen heute eine Ausnahme und lassen uns in den warmen Sand sinken, wo wir wild herumknutschen. Für mehr ist es leider zu öffentlich.

Schließlich liegen wir uns gegenüber und reiben unsere Nasen aneinander.

«Eskimokuss», flüstert Maria.

«Meinst du, die küssen immer noch so? Inzwischen machen die das bestimmt wie wir, oder?»

Maria dreht sich auf den Rücken, schaut in den Himmel und räuspert sich.

«Das war vielleicht ein Mist vorhin bei Hansen», sagt sie.

«Hat es was gebracht? Oder war es nur ein Schuss ins Blaue?»

«Na ja, der Computer hat Hauke halt als verdächtig ausgespuckt, da muss man mal nachfragen.»

«Nachfragen nennst du das? Tobias hätte Hauke fast erwürgt.»

«Er ist übertrieben ehrgeizig. Das war schon auf der Polizeischule so. Normalerweise arbeitet Tobias auch gar nicht im Außendienst, aber die haben in Wiesbaden gerade eine Grippewelle, da ist er eingesprungen.»

«Na, so ein Zufall.»

«Wie meinst du das?»

«Ach, nichts.»

Über den seltsamen, intimen Blick von Maria zu Tobias verliere ich kein Wort. Sie soll ja nicht denken, dass ich eifersüchtig bin.

«Wir gleichen jetzt die Protokolle vom Malkurs gegeneinander ab», sagt Maria. «Wer wann wo war. Das ist ein ziemliches Chaos, viele Zeugen erinnern sich nur ungenau. Eine Touristin behauptet sogar, Oma und Jade noch gegen Mittag im Museum gesehen zu haben.»

«So?» Das klingt gar nicht gut.

«Ich habe die beiden nochmal angerufen, sie haben gesagt, dass sie da längst weg waren. Und Fietje hat das bestätigt.»

Fietje mit dem Rollator hat also geplaudert und Oma mit einer Lüge entlastet. Guter Mann! Als Oma und Jade nach ihrer Flucht durchs Dorf gegangen sind, waren sie quasi unsichtbar: im Dorf halten alle die Klappe. Bis jetzt jedenfalls.

Außer dieser einen Frau aus dem Malkurs scheint niemand Oma und Jade gesehen oder vermisst zu haben. Ich bin trotzdem nicht sicher, wie lange das noch gut geht. Vielleicht sollte ich Maria doch lieber von der DVD erzählen? Aber selbst wenn Oma unschuldig ist, würde sie das nicht vor intensiven Verhören durch Tobias schützen, erst recht, wenn der im Augenblick keine heiße Spur hat. Oma würde das in ihrem jetzigen Zustand nur mühsam durchstehen.

Nein, es bleibt dabei: keine DVD, keine Verdächtigung! Erst wenn Tobias von der Insel verschwunden ist, werde ich den Film Maria zeigen.

Wir knutschen weiter in den Dünen. Ich will an gar nichts anderes denken.

Irgendwann ist es stockdunkel, nur im Norden ist noch der Abglanz des Mittsommerlichtes zu sehen. Wir gehen zurück zu den anderen, und ich tanze mit Maria; das haben wir viel zu lange nicht mehr getan. Wir können gar nicht mehr aufhören. Um uns herum tanzen Arne, Oma, Regina, John und Holger. Wer hat schon eine solche Familie? Ich bin stolz auf sie alle.

Am nächsten Tag brennt Omas Wohnung.

10. Die schöne Tomatensoße

Das frühe Sonnenlicht wirft trapezförmige Muster mit bizarren, spitzen Winkeln auf den hellen Holzfußboden im
Wohnzimmer. Maria und ich wachen ineinander verknäult
auf einer Betthälfte auf, wir haben die ganze Nacht Körper an Körper beieinandergelegen, ohne dass es uns zu eng
wurde. Das wollen wir nicht ändern, nur weil es hell ist.

Nach der Sonnenuntergangs-Party war es unmöglich ein-
zuschlafen. Wir mussten leise sein, denn Jade schlief ja nebenan im Schlafzimmer. Maria hat heute Vormittag frei und
will das mit mir voll auskosten. Am liebsten würden wir bis
Mittag im Bett bleiben, aber wir haben ja Besuch und wollen mit Jade im Garten frühstücken. Als ich ins Bad schlurfe,
kommt sie mir im Flur entgegen und hält sich brav die Hand
vor den Mund, als sie herzhaft gähnt. Sie zählt wohl zu den
wenigen Menschen auf dieser Welt, die morgens frischer
aussehen als während des restlichen Tages. Ohne ihr Make-
up und mit nassen Haaren wirkt sie überraschend klein und
verletzlich, auf jeden Fall deutlich jünger als fünfzehn. Das
sage ich ihr natürlich nicht.

Leider ist ein romantisches Frühstück, wie ich es mir vorstelle, nur in guten Hotels mit Zimmerservice möglich. Im
wirklichen Leben muss ich mich aufs Fahrrad setzen, zum

Bäcker in der Hauptstraße fahren, Brötchen holen, einen Smalltalk über das gute Wetter halten, zurückfahren, Orangen in die Presse legen, Kaffee und Eier kochen, selbst gemachte Marmelade in kleine Töpfchen füllen, Krabben aus dem Kühlschrank holen.

Maria deckt den Tisch im Garten neben der Grube, die mal ein Gartenteich werden soll. Die letzte Feuchtigkeit der Nacht hängt noch im Gras, und die ersten Insekten starten zu Erkundungsflügen im hüfthohen Gras. Die Kiefern geben einen kräftigen Duft dazu, der sich mit der salzigen Meeresluft verbindet. In der Sonne ist es schon erstaunlich warm, auf die laue Nacht scheint ein heißer Hochsommertag zu folgen.

Jade setzt sich zu uns an den gedeckten Tisch.

«Und, wie fandest du es gestern?», erkundige ich mich.

«Auf einem Friedhof hätte es mir besser gefallen», sagt sie trocken.

«Mir war es auch eine Spur zu fröhlich», frotzelt Maria, «keiner hat depressiv in der Ecke rumgehangen und gejammert.»

«Doch, ich!», protestiere ich. «Ich habe Kapitän Petersen vorgeheult, dass ich zu wenig Kunden für meine Arche habe.»

«Dass der überhaupt da war», wundert sich Maria und beißt in ein Krabbenbrötchen. «Bei der Musik. Petersen ist doch weit über sechzig.»

«Was soll Oma denn sagen?»

«Ja, Oma», singen Maria und Jade gleichzeitig in derselben Sprachmelodie und lächeln sich an.

«Petersen war meinetwegen da», erkläre ich den beiden, während ich mir die Schüssel mit Krabben von Marias Platz angele. «Er will, dass ich in den Shantychor eintrete.»

Dafür ist er extra den Weg von Wyk nach Utersum gefahren, das hat mir imponiert. Langsam werde ich nervös. Was ist, wenn das Arche-Projekt *nicht* klappt? Andererseits hat mir Kapitän Petersen wirklich Mut damit gemacht, dass er die Arche für eine gute Idee hält! Immerhin arbeitet er bei der Reederei, von der ich eine Autofähre für lau haben will. Für heute Nachmittag stehen noch einige hochkarätige Termine in einem großen Hotel und einer Bank auf dem Plan. Es muss mit der Arche deutlich schneller vorangehen.

«Und, machst du es?», fragt Jade.

Ich halte mein Frühstücksmesser drohend in ihre Richtung.

«Ich bin wild und chaotisch», empöre ich mich künstlich. «Sehe ich aus, als ob ich in einen Shantychor passen würde?»

Ich lege einen großen Löffel voller Krabben auf eine Ecke meines krossen, weißen Brötchens und beiße hinein. Für diese Geschmacksexplosion am Gaumen lohnt sich mindestens das halbe Leben!

«Wild und chaotisch, wie unsere Vorfahren, die Walfänger», bestätigt Jade.

«Ganz genau! Denk an Brar Riewerts, den Seefahrer, das war ein Kerl wie ich!»

«Nur hat der bestimmt keinen Soul gesungen, sondern Shantys, oder?», sagt Jade und belegt ein Brötchen mit Räucherlachs.

«Was willst du damit andeuten?»

«Dass Shantys bestens zu dir passen. Und zwar sowohl, was deine Vorfahren als auch dein Alter anbelangt.»

Maria und Jade freuen sich über meinen empörten Gesichtsausdruck.

Das Telefon klingelt.

«Ich bin nicht da», ruft Maria abwehrend.

Drinnen springt der Anrufbeantworter an. Danach melden sich gleichzeitig mein und Marias Handy. Wir lassen sie einfach klingeln.

Bis Jades Handy Alarm schlägt, das neben ihrem Teller liegt. Sie geht sofort ran und wird plötzlich so blass, als sei sie geschminkt.

«Was ist?»

«Das war Oma. Ihre Wohnung ist abgebrannt.»

Wir rasen zu dritt zum Sandwall, der Wyker Hauptpromenade am Strand, wo Oma in erster Reihe direkt gegenüber der Kurmuschel wohnt, mit unverbaubarem Blick aufs Meer und die Hallig Langeneß gegenüber. Normalerweise flanieren hier Gäste und Einheimische in einem nie versiegenden Strom. Nun staut sich eine große Menschentraube vor Omas Balkon. Die weiß gekleideten Musiker in der Kurmuschel gegenüber haben die Instrumente zur Seite gelegt und pausieren auf roten Ikea-Klappstühlen. Nur die etwas ältere Sängerin im weißen Minirock und weißen High Heels geht nervös am Rand der Bühne auf und ab.

Fenster und Balkontüre vor Omas Wohnung sind offen, die Männer von der freiwilligen Feuerwehr rollen gerade die Schläuche ein, und hinter der Feuerwehr steht ein Krankenwagen.

Wir rennen zu dritt das Treppenhaus hoch. Es riecht angebrannt, ansonsten sieht der Hausflur aus wie immer. Omas Wohnungstür wurde allerdings grob aufgebrochen, einige Holzsplitter liegen auf dem Boden. Das sieht gar nicht gut aus.

Wir laufen hinein: Entwarnung, Erleichterung und Tränen. Oma steht in ihrer halb ausgebrannten Küche und hält sich die Hand vor den Mund.

«Is' nochmal gut gegangen», beruhigt Zugführer Lükki sie mit sonorer Stimme. Er singt wie Kapitän Petersen bei den Knurrhähnen einen beeindruckend vollen Bass. Lükki ist fast zwei Meter groß und arbeitet normalerweise an der Tankstelle. Mit seinen breiten, eckigen Schultern sieht er aus wie das Urbild eines starken Feuerwehrmannes.

«Oma, Oma», schreien wir durcheinander, und umarmen sie von allen Seiten.

«Was ist passiert?», frage ich Lükki.

«Imke hat den Herd angelassen und ist einkaufen gegangen. Blöderweise lagen neben dem Herd Zeitungen und eine offene Buddel Brennspiritus. Die hat dann Feuer gefangen.»

«Was wolltest du denn mit dem Brennspiritus?», will ich von Oma wissen.

Sie schaut mich verwirrt an.

«Die schöne Tomatensoße! Da waren asiatische Gewürze drin, die habe ich mir extra aus Hamburg schicken lassen.»

«Was wolltest du kochen?»

«Spaghettis, was sonst?»

«Morgens um neun?», staunt Jade.

«Warum nicht?», fragt Oma zurück.

«Die Musiker von der Kurmuschel haben den Rauch bemerkt und uns geholt», erklärt Lükki.

Ich drücke ihm fest die Hand: «Mensch, danke, Lükki, du hast eine Tragödie verhindert.»

Er winkt ab: «Dafür sind wir da.»

Oma schüttelt bekümmert den Kopf. «Ich kam gerade vom Einkaufen zurück, da waren die netten Herren von der Feuerwehr schon in der Wohnung.» Sie schaut sich in ihrer verwüsteten Küche um. «Die schöne Tomatensoße ...»

Sie ist vollkommen durcheinander.

«Kann Oma weiter hier wohnen?», erkundige ich mich bei Lükki. Der braucht kein Messgerät, um das zu beurteilen. Er atmet einmal tief ein und weiß dann Bescheid: «Wenn ihr gut durchlüftet, soll das wohl gehen.»

Jade setzt sich mit Oma ins Wohnzimmer unter ihr Lieblingsbild, das einen Elefanten zeigt. Das Bild hat farblich eine leichte Rauchnote erhalten und sieht fast interessanter aus als vorher. Was man über die reichlich nachgedunkelten Tapeten eher nicht behaupten kann.

Jade legt den Arm um ihre Großmutter; die lässt ihren Kopf auf Jades Schulter sinken. Jades Haare sind immer noch nicht trocken; sie sieht erschrockener aus als Oma.

«Es dauert Tage, bis ich die Gewürze wieder habe», stöhnt Oma erneut. «Die muss ich alle neu bestellen.»

«Ich bin froh, dass dir nichts passiert ist», wiederholt Jade.

Maria schaut auf die Uhr. «Soll ich den Dienst absagen?», überlegt sie laut.

«Wir kriegen das schon hin», beruhige ich sie.

Lükki wendet sich an Maria: «Wie weit seid ihr mit dem Bildklau in Alkersum?»

Der ist natürlich Thema Nummer eins auf der Insel. Sogar die Tagesschau hat kurz darüber berichtet.

«Geht voran.»

«Na, hoffentlich», brummt Lükki, «an jeder Kreuzung 'ne Kontrolle, das nervt langsam.» Dann verabschiedet er sich.

Kurz danach stürmt Regina herein; sie kommt direkt aus dem Optikerladen, wo sie arbeitet. Sie trägt wieder hautenge Jeans und ein eng anliegendes T-Shirt. Als Erstes umarmt Regina ihre Mutter.

«Ich habe es eben erst erfahren.»

Oma will nicht umarmt werden und schiebt sie weg. «Alles im Lot, mein Kind, nur die Tomatensoße ist hin, mitsamt allen Gewürzen.»

Regina schaut sich pikiert um. «Wie das hier aussieht …»

«Was meinst du?», protestiere ich.

«Siehst du das nicht, oder willst du es nicht sehen?!»

Ich schaue mich um. Gut, es liegen Zeitschriften und Bücher auf dem Fußboden, aber ein bisschen Unordnung ist doch keine Katastrophe!

Regina macht trotzdem einen Riesenaufstand: «Das geht so nicht weiter! Da muss sich sofort etwas ändern!»

Für eine perfekte Hausfrau wie sie, die jede Woche sämtliche Fenster putzt, war diese Wohnung schon vor dem Brand unbewohnbar.

«Hier lebe ich!», protestiert Oma laut.

«So geht das nicht!», widerspricht Regina.

«Und ob das so geht!», verwahrt sich Oma gegen Reginas Angriffe. «Was fällt dir eigentlich ein, so mit deiner Mutter zu reden?»

Plötzlich zittert sie leicht.

«Willst du dich hinlegen Oma?», frage ich besorgt.

«Auf gar keinen Fall. Aber eine Decke wäre gut. Sönke, im Schlafzimmerschrank …»

Ich husche über den unaufgeräumten Flur ins Schlafzimmer und suche im übervollen Kleiderschrank nach der Decke. Noch mehr als nach Rauch riecht hier alles penetrant nach der plüschigen Himbeerseife, die Oma zwischen den Sachen gelagert hat. Unter der dicken Wolldecke am Boden erfühle ich plötzlich einen kantigen Gegenstand.

Könnte das ein Bild sein? *Das* Bild?

Ich ziehe vorsichtig – und tatsächlich, es ist ein Goldrahmen! Ich beginne fieberhaft zu überlegen: Wenn es das «Friesische Mädchen» ist, könnte ich es anonym dem Museum zurückgeben, und alles wäre in Butter. Oder noch besser: Ich spiele es Maria zu, damit die den Fall heldenhaft lösen kann und auf Föhr bleibt.

«Was wird das, Sönke?»

Wie aus dem Nichts ist Oma hinter mir aufgetaucht.

«Hier ist die Decke ...», stammle ich. «Sie riecht ein bisschen nach Rauch, ein bisschen nach Himbeere.»

Oma deutet auf das Bild. «Leg das weg!»

Ich drehe das Bild ruckartig um, bevor Oma es mir aus der Hand reißen kann. Und schaue auf eine sommerliche Ansicht in freundlichen Blautönen. Darauf ist ein weißer Strandkorb zu sehen, der mitten im Wasser steht, im Hintergrund sind der Deich voller Schafe und der Leuchtturm Olhörn vom Wyker Südstrand zu erkennen. Auf dem Strandkorb sitzt eine Möwe, daneben steht ein Tischchen mit einer Thermoskanne und einem Teepott, über allem schweben weiße Schäfchenwolken. Offensichtlich ist es das Bild, von dem Jade gesprochen hat, das Oma im Museum gemalt hat.

Schade.

Ich meine natürlich, gut so!

«Hat nichts abbekommen», stelle ich fest, einfach weil ich irgendetwas sagen will, und füge noch einmal hinzu: «Die ganze Wohnung hätte ausbrennen können.»

«Ist sie aber nicht», schimpft Oma laut, «nur die Tomatensoße!»

«Oma, beruhige dich bitte.»

«Du hast ja recht, Sönke.» Sie legt sich aufs Bett und macht die Beine lang. Ich lege die Wolldecke über sie.

«Alles klar mit dir, Imke Riewerts?»

Wenn ich sie beim vollen Namen nenne, sind wir uns besonders nahe, das hat sich über die Jahre so entwickelt.

«Müde», flüstert Oma.

Regina kommt herein: «Mama, so geht das wirklich nicht, das sieht hier aus …»

«Regina, das ist jetzt zweitrangig!», fauche ich sie an.

«Ich will doch nur helfen!», keift Regina zurück, macht kehrt und verlässt eingeschnappt die Wohnung. Ich drehe mich wieder zu Oma.

«Wir lassen dich jetzt besser in Ruhe, ja? Was ist mit der Tür? Soll ich einen Schlosser anrufen?»

«Das hat Zeit. Hier im Haus wohnen nur ehrliche Leute, und unten ist ja immer abgeschlossen.»

«Sicher?»

Oma nickt und flüstert mit geschlossenen Augen: «Es wäre alles weg gewesen. Meine Kinderfotos, meine Möbel, meine Bücher, alles. Wie hätte ich da weiter leben können? – Da wäre ich besser mit verbrannt …»

«Oma, so darfst du nicht reden», widerspricht Jade, die sich hinter uns leise ins Schlafzimmer geschlichen hat.

«Komm …», sage ich und winke sie hinaus. «Ist ja nochmal alles gut gegangen.»

Jade und ich gehen zum Brandherd in die Küche, wo Maria auf einem Stuhl steht und mit einem Schraubenzieher an der schwarzen Dunstabzugshaube herumstochert. Sie ist die bessere Handwerkerin von uns beiden, das muss ich neidlos zugeben.

«Alles hin», stellt sie fest.

«Der Herd auch?»

«Sowieso.»

«Oma sollte nicht mehr selber kochen, oder was meinst du?»

«Besser nicht.»

«Kann das nicht jedem mal passieren?», fragt Jade.

Maria drückt den Schraubenzieher mit aller Kraft gegen die Wandhalterung der Dunstabzugshaube.

«Um neun Uhr morgens Spaghetti kochen, Brennspiritus neben den Herd stellen und dann einkaufen gehen», sagt sie grimmig. «Das ist ein bisschen viel, findest du nicht?»

«Oma ist halt ein bisschen … exzentrisch», verteidigt sie Jade, was ich gut verstehen kann, ich bin ja auch begeistert von Oma. Aber diese Geschichte können wir nicht so einfach übergehen. Mit so etwas wird Oma gefährlich für sich selbst und andere.

«Kannst du erst mal hier bei Oma bleiben?», frage ich Jade.

«Klar.»

Plötzlich löst sich die Dunstabzugshaube mit einem Ruck. Maria springt zum Glück eine Zehntelsekunde früher vom Stuhl und lässt das Aluminiumungetüm neben sich zu Boden krachen. Unmittelbar danach fängt draußen in der Kurmuschel die ukrainische Band wieder an zu spielen: «Life is life, nana – na- nana», knödelt die Sängerin mit starkem osteuropäischem Akzent.

Maria schaut mich an. «Erinnerst du dich an die Nachthemdgeschichte? Als Oma meinte, sie hätte sich ausgeschlossen?»

Ich nicke.

«Mein Kollege hat mir eben erzählt, Oma hätte ihren Schlüsselbund in der Hand gehabt, als er sie aufgesammelt hat.»

11. Geheime Mission

Heute muss ich nicht mehr darüber spekulieren, ob der Himmel hellgrau oder graublau ist. Er ist, wie er sein sollte: kompromisslos dunkelblau bei hoch stehender Mittagssonne! Eigentlich habe ich an diesem Nachmittag meine wichtigen Arche-Termine. Doch nach dem Brand der Wohnung geht es an dieser Baustelle nicht weiter. Wir müssen jetzt erst einmal dringend wegen Oma einiges besprechen.

Als ich mich in Utersum der mächtigen Kurklinik aus den dreißiger Jahren nähere, stoße ich an der leicht erhöhten Küstenlinie als Erstes auf Dutzende rauchender Menschen in Bademänteln und Jogginghosen. Auf dem gesamten Klinikgelände herrscht Rauchverbot, nur hier nicht. Fast könnte man die Raucher als Erkennungszeichen der Klinik ansehen (was der medizinischen Leitung wohl nur bedingt gefallen würde). Immerhin hat die Verwaltung vor der letzten Baumreihe des Waldes alle zwanzig Meter einen grauen Aschenbecher aufstellen lassen. Aber da der Weg von den Gebäuden durch den Wald hierher über zehn Minuten dauert, lohnt sich das nicht für eine einzelne Zigarette. Hier rauchen alle auf Vorrat.

Regina hat mich und Arne hierherbestellt, um über Oma zu reden. Und auch wenn es für Föhrer fröhlichere Orte gibt als dieses Krankenhaus: Der Ausblick von hier aus ist wirklich grandios, schaut man doch direkt auf die gegenüberliegende Insel Amrum. Und wendet man sich nach rechts, kommt die Südspitze von Sylt in Sicht, und zwischen den Inseln funkelt und glitzert die offene Nordsee. Ein Stückchen weiter hoch stehen Arnes Strandkörbe, dort haben wir gestern das Fest gefeiert.

Neu ist der Schiffssteg mit dem frisch geweißten Holzgeländer, der im kühlen Schutz des Nadelwaldes beginnt und über die Dünen hinaus zum Meer geht. Er endet vor einer festgeschweißten Schranke, auf der ein Blechschild hängt: «Nächste Fähre um :oo Uhr», die Stundenangabe ist verwischt. Darüber prangt das vertraute Emblem des Fährmonopolisten «Wyker Dampfschiff Reederei», links und rechts stehen ein paar frisch geweißte Wartebänke.

Ich bin zu früh, aber das ist ganz angenehm so. Ich setze mich auf eine Bank und schließe die Augen. Es tut gut, ein bisschen Sonne mitzunehmen. Nach und nach kommen mir die Schiffsreisen meines Lebens in den Sinn: die stürmische nach Island, die mit ausgefallener Klimaanlage von Italien nach Griechenland, und die schönste, mit Arne, als er mich mit einem edlen Rennboot auf eine Sandbank mitten im Wattenmeer geschippert hat, wo wir zwei Stühle aufstellten und Bier tranken.

Kurze Zeit später höre ich Schritte, dann fällt ein Schatten auf mich. Ich öffne die Augen. Eine ältere Dame sitzt neben mir. Sie hat einen altmodischen kleinen Koffer auf dem Schoß. In ihrem steifen Kostüm scheint sie einem Kostümfilm aus den Fünfzigern entsprungen zu sein: Das strenge Fräulein Rottenmeier aus der Stadt besucht Heidi auf dem Einödhof. Ihre Augen sind hellblau, sie wirken fast durchsichtig, auf jeden Fall sind sie ungewöhnlich aufmerksam und wach.

«Warten Sie auch auf die Fähre?», erkundigt sie sich freundlich. Sie verbringt offensichtlich viel Zeit an der frischen Luft, braun gebrannt wie sie ist.

«Kann man so sagen.»

Sie nickt und schimpft sofort los: «Ich muss nach Schobüll. Die sind mit der letzten Rate so was von rückfällig, das lasse ich mir nicht mehr bieten. Jetzt fahr ich selber hin und hole mir das Geld persönlich ab.»

Fräulein Rottenmeier hält das Kreuz bemerkenswert gerade. Zusammen mit den hohen Wangenknochen wirkt ihre Haltung sehr aristokratisch und irgendwie auch schön.

«Immer nur Ärger in der Welt», bestätige ich.

Fräulein Rottenmeier nickt melancholisch. «Wem sagen Sie das, ich hätte mich nie mit den Schobüllern einlassen sollen. Immer an der Grenze der Insolvenz, aber ich habe ihnen trotzdem die 10 000 vorgeschossen.» Sie seufzt. «Wahrscheinlich war ich zu gierig, ich wollte mir das Geschäft nicht entgehen lassen.»

«Das ist menschlich», tröste ich sie, ohne auch nur zu ahnen, worum es geht.

«Ist das eine Entschuldigung?», widerspricht sie energisch. «Krieg ist auch menschlich, wenn man so will, deswegen ist er trotzdem schlecht.»

«Ich meinte nur ...»

«Sie wollten nur etwas Nettes sagen, ich weiß.»

Wir blinzeln uns einvernehmlich an.

Dann erhebt sich Fräulein Rottenmeier: «Einen Tipp noch, junger Mann ...»

«Bitte ...»

Sie schüttelt den Kopf: «Das wird heute nichts mehr.»

«Was bitte?»

Sie senkt die Stimme und lächelt mitleidig: «Schauen Sie mal ins Watt: Extremes Niedrigwasser …»

«Ja, wir haben Ebbe.»

«Wie soll die Fähre hier anlegen können? Die kommt heute nicht mehr. Schönen Tag noch, der Herr.» Fräulein Rottenmeier verlässt den Steg mit ihrem Koffer in der Hand, den ihr ein weiß gekleideter Pfleger galant abnimmt. Positiv gedacht hatten Fräulein Rottenmeier und ich ein paar nette Minuten zusammen, wir mochten uns. Das ist mehr, als ich von vielen Menschen sagen kann …

Die Wahrheit ist, hier wird nie ein Schiff anlegen.

Der Steg endet am Strand, und das Wasser ist noch mindestens fünfzig Meter weg. Auf dem Gelände der Kurklinik hat man eine Station für Demenzkranke eingerichtet, zu der Fräulein Rottenmeier vermutlich gehört. Ich habe mal gelesen, dass man in vielen Kliniken Bushaltestellen aufgebaut hat, an denen sich die Patienten täglich treffen. Eine Haltestelle gibt ihrem Warten angeblich einen Sinn und beruhigt sie. Auf Föhr hat man mit dieser Anlegestelle die maritime Variante gewählt, das ist den Patienten von der Insel vertrauter.

Wenn Oma allerdings hier warten würde, wüsste ich nicht, wie ich damit umgehen sollte.

Ich schließe wieder die Augen.

Bis mich erneut ein Schatten von hinten überfällt. Mein Onkel Arne. An seine Stoppelfrisur habe ich mich immer noch nicht gewöhnt, er sah so schön lächerlich aus mit der ausgedünnten Freak-Frisur, dass ich es schon wieder gut fand. Zugegeben, so wirkt er jünger. Zumal ihm sein Bruder

Cord, Jades Vater, vor Wochen in seinem Frankfurter Zahn-labor schneeweiße Zähne der Farbstufe A1 verpasst hat. Die-sen Weißegrad besitzen sonst nur Teenies, wenn sie Glück mit den Genen haben und ihre Zähne penibelst pflegen. Als Strandkorbvermieter ist Arne immer braun gebrannt, was ihn ziemlich attraktiv aussehen lässt (da können Hautärzte warnen, so viel sie wollen).

Arne schaut sich um, auch er war noch nie hier.

«Was ist das denn?»

Ich erkläre ihm, was es mit dem Steg auf sich hat.

Arne ist empört: «Damit wollen die schwerkranke Men-schen abspeisen?»

Er klettert auf die Brüstung und kippelt darauf herum.

Jetzt betritt Regina den Steg, unsere Gastgeberin sozusa-gen. Sie sieht angespannt aus, als sie uns begrüßt, und trägt immer noch die hautengen Jeans und das knappe T-Shirt von heute Morgen. Ihr Mann hat mir auf Arnes Strandparty gestern besorgt zugeflüstert, dass sie ihr Traumgewicht vor allem durch Abführpillen erreicht habe, Holger befürchtet, dass sie ihre Alkoholsucht durch eine neue Abhängigkeit er-setzt hat. Regina setzt sich zu mir auf die Bank, Arne bleibt auf der Brüstung hocken.

«Die sollten die Senioren lieber auf einen Kutter packen und echte Fahrten mit ihnen machen», bollert er. «Auf die Halligen oder nach Sylt.»

«Das würde die Verwirrten nur noch mehr verwirren», weiß Regina und erneuert ihren kirschroten Lipgloss. «Die brau-chen regelmäßige Abläufe.»

«Hat jemand mal die Betroffenen gefragt, wie die das fin-den?», schnarrt Arne.

Die beiden Geschwister sind sechzehn Jahre auseinan-der und haben praktisch nie zusammen gelebt. Was ihre aggressive Empfindlichkeit füreinander noch unerklärlicher macht.

«Die Reisen, die die im Kopf machen, strengen genug an.»

Arne schüttelt den Kopf. «So etwas behaupten die Pfleger doch nur, weil sie sich selber nicht bewegen wollen, Hauptsache bequem.»

«Ich habe jeden Tag im Optikerladen mit Alten zu tun», trumpft Regina auf. «Du kennst ja nur deine Surferteenies.»

Arne hört gar nicht mehr hin. «Ich kann mir nicht vorstellen, wie das ist, wenn man alles vergisst», sinniert er leise.

«Hast du noch nie was vergessen, oder was?», sagt Regina spitz.

Arne lässt sich nicht ärgern, dafür kennt er seine Schwester einfach zu lange.

«Meistens sagt man doch, ‹das habe ich total vergessen›, wenn man sich gerade an etwas erinnert», überlegt er. «Aber wenn es richtig weg ist, dann hat man es ja nicht vergessen, es ist dann so, als ob es nie da war.»

«Mit Oma geht es so nicht mehr weiter!», sagt Regina unvermittelt.

«Nun mal langsam», mische ich mich ein. «Wir wissen nicht mal, ob sie wirklich krank ist! Es kann doch auch eine vorübergehende Schwäche sein.»

«Ich sehe, was ich sehe», ereifert sich Regina. «Der Brand! Und die Wohnung von Mama war so was von verkommen … Sie muss ins Heim, da kommen wir nicht drum herum.»

«Meine Wohnung sieht viel schlimmer aus als ihre», poltert Arne. «Muss ich deswegen auch ins Heim?»

Recht hat er.

«Wenn Oma 35 wäre, fänden so ein kleines Malheur alle normal», gebe ich zu bedenken. «Nur weil sie 76 ist, tüten wir das ganz anders ein. Das muss doch alles nichts bedeuten.»

«Genau!», pflichtet Arne mir bei.

«Das ganze Haus hätte abbrennen können», hält Regina dagegen.

«Ist es aber nicht.»

«Und wenn es beim nächsten Mal passiert? Und andere dabei umkommen? Kannst du dann noch ruhig schlafen?»

«Drama, Drama, Drama!», singe ich mit theatralischer Stimme. Aber ich weiß: Regina hat recht.

Arne ist nun ernsthaft sauer auf seine Schwester: «Solange ich lebe, kommt Mama nichts ins Heim! Du bist richtig herzlos, Regina, das muss ich dir mal sagen.»

«Nun mal langsam», bremst seine Schwester beleidigt. «Ich habe mir die Einrichtung auf dem Gelände angeschaut. Hier gibt es Wohngruppen mit zehn Leuten, die liebevoll betreut werden. Das ist besser, als man denkt.»

«Du willst sie doch nur loswerden», wirft Arne seiner Schwester vor. «Mama würde durchdrehen in so einer Gruppe!»

«Du hast echt keine Ahnung», sagt Regina. «Die Räume sind komplett im Fünfziger-Jahre-Stil eingerichtet, mit Nierentischen, Goldrandtapeten, Röhrenradios und so weiter. Das beruhigt die Patienten, weil sie innerlich in dieser Zeit leben.»

«Mama lebt aber nicht in den Fünfzigern, sondern heute, und zwar mit Laptop und allem Pipapo.»

Wie solche Heime wohl eingerichtet werden, wenn ich mal alt bin? Ikea-Möbel, Poster vom Mauerfall, C64-Computer, auf denen wir den ganzen Tag Tetris spielen? Überall liegen bunte Magische Würfel herum, die einige Spezialisten in zehn Minuten in den Urzustand zurückdrehen können, im Kassettenrecorder läuft Roxette, Billy Joel und Phil Collins?

106

Wahrscheinlich wird es genauso kommen. Durch so ein Ambiente werden wir unsere Rollatoren schieben, ich mag gar nicht weiter darüber nachdenken.

Arne fährt etwas herunter: «Mama geht es gut. Und wenn sie manchmal etwas vergisst, na und?»

«So warst du schon immer, Bruderherz», sagt Regina. «Kopf in den Sand, und dann wird alles besser.»

«Dein blinder Aktionismus ist auch nicht besser», keilt Arne zurück.

Ich springe zu ihm aufs Geländer. «Wir sollten auf jeden Fall die Herdregler bei ihr zu Hause abschrauben.»

«Wie soll sie dann kochen?», will Arne wissen.

«Gar nicht, wir bestellen einen Essensdienst.»

Arne schüttelt energisch den Kopf: «Darauf lässt sich Mama nie ein.»

«Der Herd ist sowieso im Eimer», erinnert uns Regina. Arne und ich schweigen.

«Also was nun?», will Regina wissen. Weder Arne noch ich mögen etwas sagen.

«Lass uns abwarten, ja?», bitte ich.

«Was soll das ändern?»

«Oma fängt sich wieder, da bin ich sicher.»

«Du bist genauso feige wie Arne», keift mich Regina an.

«Eine solche Entscheidung braucht Zeit», sage ich. «Außerdem müssen wir erst einmal mit Oma reden, sie ist ja nicht behindert oder entmündigt.»

Regina schüttelt demonstrativ den Kopf. «Mama ist viel zu stur. Sie wird nie einsehen, dass sie Hilfe braucht.»

«Ich bleibe dabei: Als Erstes müssen wir mit ihr reden!»

«Was soll übrigens die Geheimnistuerei mit Maria?», beschwert sich Arne bei Regina, «sie ist genauso Omas Enkelin wie Sönke!»

«Das geht auf mein Konto», sage ich.

Maria habe ich von unserem Treffen nichts gesagt, und ich bitte die beiden, fürs Erste die Klappe zu halten. Dann erzähle ich ihnen von Friederikes DVD. Sie wollen es erst nicht glauben. Erst nach und nach sickert bei ihnen durch, was das für Oma, Maria und uns alle in der Familie bedeuten könnte.

«Mist», flüstert Arne heiser.

«Kannst du wohl laut sagen», sagt Regina. «Meinst du wirklich, Mama hat das Bild geklaut?»

«Oma sagt nein. Aber komisch ist das alles schon.»

«Sie muss sich stellen», fordert Regina, «freiwillig!»

«Willst du Mama in den Knast schicken?» Arne klingt jetzt richtig böse.

«Wenn sie wirklich tüdelig ist, wird sie nicht schuldig gesprochen», sage ich, aber das beruhigt Arne wenig.

«Die würden sie in eine Klapsmühle stecken», murmelt er.

«Lass uns Oma ein bisschen beobachten», versuche ich die Emotionen weiter herunterzukochen. «Vielleicht ist es ja nur eine vorübergehende Krise.»

«Und bis dahin?», fragt Arne.

«Es muss immer jemand bei ihr sein», sagt Regina.

«Wie soll das gehen?», seufzt Arne pessimistisch. «In der Saison komme ich erst abends vom Strand weg.»

«Das ist doch schon mal was», sage ich. «Dann bist du abends dran.»

Auch Regina sieht nur eine kleine Lücke in ihrem Terminplan: «Ich könnte in der Mittagspause.»

«Dann ist das eben deine Zeit.»

Regina widerspricht heftig: «Ich brauche aber meine Pause!»

Es gibt Mütter und Töchter, die sich besser verstehen als

Oma und Regina, das gilt für beide Seiten. Trotzdem, so gut kenne ich Regina, wird sie am Ende zuverlässig zur Stelle sein.

«Ich muss im Augenblick Vollgas geben, damit ich finanziell über den Berg komme», erkläre ich. «Aber wenn wir alle mitmachen, schaffen wir das.»

Arne nickt: «Mama soll nicht ins Heim.»

«Was wäre denn mit Jade?», fällt mir noch ein.

Entsetzen bei Regina: «Das ist absurd! Die ist doch noch durchgeknallter als ihr Vater.»

«Nur weil sie sich anders anzieht als du?»

«Dass sie aussieht wie eine Tote – geschenkt. Aber die ist krank im Kopf.»

«Alles nur Fassade, im Grunde ist Jade eine nette Deern. Und Oma kann wirklich gut mit ihr.»

Regina springt empört von der Bank auf. «Diese Krähe macht Mama doch depressiv.»

«Du müsstest mal sehen, wie frisch Jade nach dem Aufwachen aussieht.»

«Sollte ich sie auch nur einmal lächeln sehen, glaube ich dir sofort», sagt Regina.

Ich schaue meine Tante und meinen Onkel fragend an.

«Also ja? Jade bleibt noch zehn Tage, dann sehen wir weiter.»

Arne nickt. «Falls es nicht klappt, müssen wir halt umdisponieren. Wir können Mama sowieso nur langsam beipulen, dass sie Hauspersonal bekommt.»

Keiner spricht das böse Heim-Wort noch aus.

Schade, dass Fräulein Rottenmeier nicht mehr da ist. Ich würde sie gerne mal fragen, wie sich das hier hinter dem Küstenwald für sie anfühlt.

12. Die Würfel sind gefallen

Ich fahre zurück nach Nieblum und bleibe vor unserem Haus noch einen Moment im Wagen sitzen. Die Insekten in unserem Garten genießen die Sonne, heute ist es warm, jede Flugroute kann eingehalten werden, der Wind hat sich weit nach draußen auf den Atlantik zurückgezogen.

Unser geheimes Treffen sitzt mir immer noch quer im Magen. Das gemeinsame Schweigen wird nicht lange durchzuhalten sein. Maria muss aufgeklärt werden, egal, was danach passiert. Schließlich ist es auch ihre Großmutter. Die Heimlichkeiten in unserer Familie führen zu weit, jetzt sitzen auch schon Arne und Regina mit im Boot. Irgendwann wird es Maria von jemandem erfahren. Und das sollte möglichst niemand anders sein als ich.

Falls sie jetzt zu Hause ist, werde ich ihr alles beichten. Dann soll und muss sie selber entscheiden, wie sie sich Oma gegenüber verhält: verhören, verhaften oder vertuschen. Ich bin allerdings ziemlich sicher, dass sie unsere Oma schützen wird, etwas anderes kann ich mir gar nicht vorstellen.

Im Kopf lege ich mir schon den Text zurecht: «Maria, ich muss dir etwas sagen. Also, ich habe anonym eine DVD zugesteckt bekommen, die zeigt Oma beim Verlassen des Museums. Durch ein Fenster, um genau zu sein. Sie trägt ein Bild bei sich, und Jade ist auch dabei.» Schlecht.

Außerdem ist es schon wieder gelogen: Ich habe die DVD nicht anonym zugesteckt bekommen, sondern von Friederike. Und der habe ich hoch und heilig versprochen, nichts zu sagen. Oder muss ich meine gute Freundin und Mitsängerin von den Seevögeln mit ans Messer liefern? Es ist alles sehr, sehr kompliziert. Am liebsten würde ich im Wagen sitzen bleiben und hier übernachten. Aber ich gebe mir einen Ruck. Die Wagentür scheint einige Tonnen schwerer geworden zu sein, ich bekomme sie kaum auf.

Schon vor der Haustür dringt mir lautes Gelächter entgegen, Frauenstimmen, dazu höre ich ein klapperndes Geräusch: Da schüttelt jemand einen Würfelbecher. Der Becher schlägt auf die Tischkante, dann quietscht es wieder. Ich gehe durch den Flur ins Wohnzimmer. Alle, über die ich gerade mit Arne und Regina gesprochen habe, sitzen um den großen Tisch versammelt: Oma, Jade und Maria. Die Klappcouch mit dem Bettzeug, auf der Maria und ich schlafen, ist ausgefahren, weswegen es sehr eng im Raum ist. Die Atmosphäre hat etwas von Pyjamaparty oder Klassenfahrt.

Oma trägt einen bunten Seidenkimono, Maria ihre Uniform ohne Jacke, mit kurzärmligem Hemd und gelockertem Schlips. Jade sieht aus wie immer, inklusive der drei aufgeklebten Tränen unter dem rechten Auge. Auf dem schweren Holztisch stehen Teetassen und ein angebrochener Käsekuchen. Jede der Riewerts-Frauen hat einen Teller vor sich, in der Mitte des Tisches liegt ein beschriebenes Blatt Papier.

Ich beuge mich zu Oma und gebe ihr einen Bussi auf die Wange, danach bekomme ich von Maria einen kurzen Kuss auf den Mund.

«Moin, Jade», sage ich und lächle.

Oma scheint die Aufregung über den Brand in ihrer Wohnung erstaunlich gut überstanden zu haben, wenn sie jetzt schon wieder feiern kann. Das macht mir Mut. Ich könnte es Maria vor Oma und Jade sagen, aber will ich jetzt wirklich die Spaßbremse sein? Hat das nicht Zeit bis morgen?

«Sechs!», ruft Jade entsetzt, Maria und Oma klatschen hämisch. Marias braune Augen strahlen mich an, ein dünner Schweißfilm zieht sich über ihr Gesicht. Jade starrt geschockt auf den Würfel mit den sechs Augen. Man merkt, dass sie das gar nicht witzig findet.

«Jetzt bist du fällig!», freut sich Oma.

Jade sucht mit den Augen Hilfe bei Maria, doch die schüttelt energisch mit dem Kopf: «Der Würfel hat immer recht!»

Maria und Oma klopfen auffordernd auf die Tischplatte. Zögerlich erhebt sich Jade von ihrem Stuhl, dann klettert sie umständlich auf den Tisch.

«Was ist denn das für ein Spiel?», wundere ich mich.

«Kniffeln mit verschärften Regeln», kreischt Oma. Die Frauen lachen.

Jade steht etwas verloren auf dem Tisch, bittet um Ruhe. Oma hält unsere kleine Videokamera in der Hand und richtet das Objektiv auf ihre Enkelin.

Sieht so eine tüdelige, pflegebedürftige Greisin aus?

Meine Cousine stellt sich auf den Tisch und breitet die Arme weit aus. «Es ist unsinnig, sich dunkle Sachen anzuziehen, dunkle Gedanken zu hegen, sich dunkel zu schminken», verkündet Jade im Predigerton. «Und noch schwachsinniger ist es, auf Friedhöfe zu gehen, um dort die Schwingungen der Toten aufzufangen. Nein, es ist besser, lustige Lieder zu

singen und Fastnacht zu feiern, auch außerhalb der Fast-
nachtszeit.» Sie unterbricht sich: «War das genug?»

«Singen!», fordert Maria.

Jade zögert keine Sekunde: «Einer geht noch, einer hat
noch Platz, einer geht noch ...»

Ich erkenne meine Cousine nicht wieder ...

«Danke!» Oma legt die Kamera beiseite und reicht ihr ein
Küchenpapier.

«Abschminken!»

Jade schaut sie bittend an. «Oma, es dauert eine Stunde,
das so hinzukriegen.»

«Abschminken», fordert jetzt auch Maria.

Für Jade muss sich das anfühlen wie eine Gesichts-Ope-
ration. Erstaunlicherweise nimmt sie tatsächlich das weiche
Küchenpapier in die Hand und wischt sich die Schminke
aus dem Gesicht. Danach bindet Oma ihr noch ein Seiden-
tuch mit schön bunten Blumen um.

«Wunderbar», ruft sie und schaltet die Kamera wieder ein.

«Wie sind die Regeln?», frage ich schwer beeindruckt.

Oma reicht mir den Zettel, der auf dem Tisch liegt. «Auf
die Liste hier haben wir sechs verschiedene Möglichkeiten geschrieben, was man machen muss, wenn die entspre-
chenden Augen kommen. Zwei gute, zwei mittlere und zwei
schlechte. Wobei man vorher natürlich diskutieren muss,
was *wirklich* gut und *wirklich* schlecht ist.»

Ich schaue mir den Zettel mit Omas steiler, alter Hand-
schrift an:

1. Ich rufe einen Freund an und mache ihm Komplimente.
2. Ich spende zehn Euro für einen guten Zweck, und zwar
   sofort, per Internet.
3. Ich gehe auf die Straße und segne fremde Menschen.
4. Ich putze sämtliche Fenster des Wintergartens.

5. Ich bettle zehn Minuten unter Aufsicht der anderen an der Nieblumer Hauptstraße.
6. Ich stelle mich auf den Tisch und halte eine Rede darüber, warum «Gothic» totaler Schwachsinn ist, und schminke mich ab. Die Rede wird aufgenommen und ins Netz gestellt.

Letzteres war natürlich nur für Jade schlimm.

Mich macht vor allem das Segnen stutzig. Oma soll ja vom Balkon aus Passanten gesegnet haben, behaupten einige Insulaner. Könnte dies das Ergebnis eines Würfelspiels gewesen sein? Ich erinnere mich schwach an das Buch eines amerikanischen Psychiaters, das ich vor Jahren gelesen habe. Wenn ich mich richtig erinnere, war seine Grundthese, im Leben sei alles Zufall, insofern könnten wir unsere Handlungen auch auswürfeln, weil es auf dasselbe hinauslaufe. Das Buch wurde in einigen Kleinstädten Australiens verboten, weil dort immer mehr Leute würfelten und ihr Verhalten überhaupt nicht mehr vorhersehbar war. Mal betrogen sie ihre Ehepartner, mal predigten sie Enthaltsamkeit, an einem Tag waren sie Jesus, am nächsten Hitler.

«Mach doch mit!», fordern mich die drei auf.

«Vielleicht ein anderes Mal.»

«Feigling!», ruft Oma. Ich gebe ihr lachend einen Kuss auf die Wange.

Es ist auf jeden Fall der falsche Zeitpunkt für ein Gespräch über die DVD. Ich bin froh, dass sich alle so gut verstehen, das möchte ich nicht zerstören. Maria und ich müssen alles in Ruhe klären, und nicht, wenn Jade und Oma im Haus sind. Und wenn ich ehrlich bin, habe ich heute Abend noch einen Termin, der meine Arche weit nach vorne bringen könnte. Auch wenn ich dieses Date gerne noch vor mir hergeschoben hätte.

«Ich fahre gleich weiter», entschuldige ich mich bei Maria und gehe in die Küche. Am Tresen zum halbfertigen Wintergarten schmiere ich mir ein schnelles Brot mit frischem Kräuterquark. Maria kommt zu mir, ihr Gesicht ist immer noch hochrot vom Lachen.

«Oma stellt Jades Auftritt echt ins Internet», juchzt sie.

«Seit dem Kurs an der VHS weiß sie auch, wie das geht», antworte ich.

«Und ihre Enkelin muss das ausbaden.»

«Danach kann sich Jade auf keinem Friedhof mehr blicken lassen», sage ich grinsend. «Ihre Gothic-Freunde verstehen da bestimmt keinen Spaß.»

«Wo musst du hin?», fragt Maria und umfasst von hinten meine Hüften.

«Die Arche voll kriegen», murmele ich. Mein Dispo-Kredit ist bis zum Anschlag ausgereizt, ich erwarte jeden Tag die Kündigung der Bank. Zeit zu handeln, da müssen die Familienangelegenheiten ab und zu zurückstehen.

«Das passt gut», sagt Maria. «In einer Dreiviertelstunde fahr ich zur Nachtschicht.»

«Wir leben ja hektischer als in der Großstadt», jammere ich.

Maria stellt sich hinter mich und spielt mit ihrer Nase von hinten an meinem Ohr. «Es kommen andere Zeiten.»

«Bloß wann?»

«Wenn deine Lieblingspolizistin den Dieb gefasst hat.»

«Wie weit seid ihr denn?», frage ich.

Maria lässt von meinem Ohr ab. «Sag’ mal, Friederike singt doch bei dir im Chor.»

Ich nicke.

«Weißt du, ob sie Geldprobleme hat?»

Geldprobleme? Wie kommt sie jetzt ausgerechnet auf Friederike? Ich erleide einen leichten Schweißausbruch, den Maria hoffentlich nicht bemerkt.

«Wieso das denn?»

«Friederike war im Museum, obwohl sie an dem Morgen keinen Dienst hatte. Angeblich, um eine Tasche zu holen, die sie vergessen hatte. Aber sie wusste natürlich, dass der Alarm ausgeschaltet war, und ein Wachmann hat sie bei dem Bild gesehen.»

«Du spinnst.»

«Und noch etwas: die Überwachungskamera von ihrem Haus gegenüber hat alles aufgezeichnet ...» Mein Herz hört auf zu schlagen. «... bis auf die Stunde vom Diebstahl.»

Mein Puls schießt wieder hoch.

Wenn sich Maria auf Friederike einschießt, bricht alles zusammen. Die Arme würde einen viel zu hohen Preis für ihre Nettigkeit bezahlen. Ich muss sie auf jeden Fall anrufen und warnen oder besser noch vorbeifahren.

Jade platzt herein. Sie ist noch ganz verschwitzt von ihrem Auftritt auf dem Tisch.

«Gibt es noch Kekse?», fragt sie.

«Klar», antwortet Maria und reicht ihr eine Packung.

«Sag' mal Jade, ich habe ein großes Anliegen», sage ich. «Könntest du noch etwas länger bei Oma bleiben? Du hast ja mitbekommen, ihr geht es nicht so gut.»

Jade lacht. «Ich würde sagen, es geht ihr fast zu gut.»

Den Brand scheint sie vergessen zu haben.

«Nur dass du ein Auge darauf hast, falls was anbrennt.»

«Gebongt», sagt Jade und zieht mit den Keksen ab.

«Über Omas Zukunft müssen wir uns in der Familie mal zusammensetzen», meint nun Maria. «Aber ich kann erst dabei sein, wenn das mit dem Museum geklärt ist.»

Ich nicke stumm und schuldbewusst

«Ich muss wieder rein», entschuldigt sich Maria, «sonst stellen Jade und Oma das nächste Spiel alleine zusammen. Das muss ich verhindern.»

Alles könnte so perfekt sein.

«Vorsicht beim Würfelspiel, du bist Polizistin», warne ich sie lächelnd.

«Wer weiß, wie lange noch», sagt Maria düster. Ich hatte es gar nicht so ernst gemeint.

«Was heißt das?»

«Sollte ich beim Betteln in Nieblum verhaftet werden, werde ich gefeuert. Dann ist wenigstens alles geklärt.»

«Keine Witze dieser Art, bitte.»

Maria lacht: «Das entscheidet der Würfel.»

«Bitte nicht.»

«Der Würfel hat immer recht!»

Wir küssen uns, und ich eile zum Wagen.

Natürlich fahre ich zuerst nach Alkersum und schleiche mich hinterm Museum zu Friederikes Haus. Das bin ich ihr schuldig, sie darf keinen Ärger mit der Polizei bekommen, bloß weil sie Oma deckt. Allein ihretwegen schon muss ich Maria bei der nächsten Gelegenheit alles offenbaren.

Ich klingle mehrmals an ihrer Tür und schaue durch die Fenster. Aber Friederike ist nicht zu Hause und auch nicht auf dem Handy erreichbar, was in ihrer Situation das Beste ist. So ist sie wenigstens auch für Tobias nicht zu finden. Ich hefte einen Zettel an die Haustür und hinterlasse auf ihrer Mailbox eine Nachricht, dass sie mich anrufen soll. Dann fahre ich nach Wyk. Nun gibt es kein Halten mehr …

13. Auf Kaperfahrt

Wenn man vergessen will, dass man sich auf einer friesischen Nordseeinsel befindet, weil man lieber im Märkischen Viertel in Berlin, in Bitterfeld oder Wanne-Eickel wäre, gelingt das am ehesten auf dem Gelände der *Eilun Feer Skol*, dem Schulzentrum in Wyk.

Über den asphaltierten Schulhof gehe ich auf etwas zu, das aussieht wie ein nüchterner Bürobau aus den Siebzigern. Die ehemals weiße Fassade des Gebäudes ist an vielen Stellen mit schmutzigen schwarzen Schlieren überzogen, algenartige grüne Pflanzenreste lecken vom Dach herab. Schwer zu glauben, dass mal ein Architekt mit leuchtenden Augen und roten Ohren für diesen Bau geworben haben soll. Und dass auf der Auftraggeberseite ebenso leuchtende Augen ernsthaftes Interesse signalisiert haben.

Ich fühle mich in diesem Komplex allerdings sofort heimisch, denn ich bin auf eine ähnliche Schule gegangen. Von innen siehst du das Gebäude ja nicht, und wenn du hinausschaust, blickst du hier auf alten Baumbestand und die Rotklinkerbauten im Rebbelstieg, wogegen nichts zu sagen ist. In der rötlichen Abendsonne, nach diesem üppigen Hochsommertag, wirkt die *Eilun Feer Skol* wie eine große, stolze

Kathedrale, das warme Abendlicht schenkt dem weißen Gebäude so etwas wie Schönheit und Stolz.

Ich setze mich neben die Halfpipe vor der Haltestelle der Schulbusse, die mit massiven Gittern von der Straße abgetrennt ist. Wann war ich das letzte Mal seit meinem Abschluss in einer Schule? Jetzt fällt es mir ein, zur Stimmabgabe für die Bundestags-, Europa-, Senatswahl, die in meinem Hamburger Wahlkreis immer zwischen Kuscheltieren und Tuschebildern in einer Grundschule stattfand.

Was die Erinnerungen an meine eigene Schulzeit anbelangt, stehen die Pausen im Vordergrund, in denen ich alle traf, und das jeden Tag verlässlich. Niemals wieder im Leben danach habe ich meine Freunde so oft gesehen, jede und jeder war immer auf dem neusten Stand.

Die Zeit zwischen den Pausen war deutlich schwieriger. Da fallen mir sofort die etwas dickeren Jungs und Mädchen ein, die es schon so nicht leicht hatten, aber von Sportlehrer Franzius noch extra vorgeführt wurden. Vor der ganzen Klasse. Wir Idioten haben auch noch gelacht, wenn sie wie ein Sack am Reck hingen, hilflos, mit hochrotem Kopf, schwitzend, und Franzius seine Sprüche abließ. Dafür schäme ich mich heute noch.

Oder Dr. Koschinsky, der Geschichtslehrer, der aus irgendeinem Grund etwas gegen mich hatte und bei dem ich nie über eine Vier hinauskam, obwohl ich vorher immer auf zwei stand. Da halfen keine Elterngespräche, irgendwann war ich so blockiert, dass ich tatsächlich nichts Vernünftiges mehr zustande bekam.

Ich staune selbst, was mir an der Halfpipe so alles gallebitter hochkommt. Und gleich soll ich wieder zur Schule, zu einer besonders schweren Prüfung. Die entscheidende Prüfungsfrage lautet heute nämlich: Kann ich so tun, als ob ich Shantys gut finde? Kann ich mich wirklich verstellen? Kommt meine Arche nicht auch ohne das in Fahrt? Was ich vorhabe, geht weit über einen Smalltalk am kalten Buffet hinaus. Einem Chor beizutreten, dessen Musik man nicht mag, geht gar nicht. Ich werde es trotzdem probieren.

Also trotte ich hinüber zum Haupteingang, öffne die Glastür und gehe hinein. Der Sonnenuntergang bleibt draußen, ab hier bewege ich mich vollständig in hellem Neonlicht. Kein Mensch ist zu sehen. In den leeren Gängen riecht es nach kaltem Schweiß und Kunstfaser-Teppichboden, an den Wänden hängen gedruckte Nolde-Aquarelle und Schülerzeichnungen von Dinosauriern.

Plötzlich habe ich ein Déjà-vu. Mein oft wiederkehrender Albtraum, in dem ich zu einer wichtigen mündlichen Prüfung erwartet werde, aber in einem Labyrinth umherirre, in dem ich den Prüfungsraum nicht finde. Es sah in diesem Traum genauso aus wie hier!

Ich zögere einen Moment und gehe weiter. Im Gegensatz zu meinem Traum komme ich mit der Raumordnung dieser Schulzentren bestens zurecht, gelernt ist gelernt. Im Nu stehe ich vor der richtigen Tür: Raum A103, Klasse 7 b.

Ich hole tief Luft.

Meine Vorurteile gegen Shantychöre sitzen tief: ältere Herren mit weißen Bärten, in Fischerhemden und mit Prinz-Heinrich-Mützen auf dem Kopf, die sich beim Singen tapsig hin- und herwiegen, vermutlich riechen sie stark nach Rasierwasser. Trotzdem hat Kapitän Petersen natürlich recht: Ich kann mich nicht von den Insulanern absondern, wenn ich etwas von ihnen will. Also klopfe ich besonders kräftig, um meine Zweifel zu übertönen.

Ein paar Männerkehlen grölen kurz und knapp: «Herein!» Klingt nach Bundeswehr, etwa wie: «Stillgestanden!»

In meiner Schulzeit hätte ich genau gewusst, was mich erwartet hätte, wenn der Lehrer noch nicht da gewesen wäre: das pure Chaos, alle kippeln mit den Stühlen, laufen durcheinander, und jemand kritzelt etwas Versautes an die Tafel.

Ich reiße die Tür auf. Das Klassenbild sieht genauso aus, wie ich es in Erinnerung habe, nur mit anderer Besetzung. Eine Handvoll Herren um die sechzig lümmelt sich an den Tischen wie die Schüler der 7 b, wenn der Lehrer nicht da ist: gekippelte Stühle, Schuhe auf die Tischplatten, einer kritzelt mit Kreide einen pinkelnden Hund an die Tafel. Alle scheinen noch eine Rechnung mit Schulautoritäten offen zu haben. Das hört offensichtlich nie auf. Sehr sympathisch.

Kapitän Petersen freut sich, mich zu sehen: «Moin, Sönke.»

Von den anderen kommen auch freundliche «Moins». Petersen stellt sie mir vor: Da ist der schlanke Konditormeister Jens Jensen vom «Café Friesentraum», Christian Rodiek, der weißhaarige Verwaltungsleiter der Inselklinik, der sein Jackett gegen eine abgewetzte blaue Jeansjacke getauscht hat, Lükki von der Feuerwehr, der den Brand bei Oma gelöscht hat, der dicke, glatzköpfige Hotelchef Holger Ketels, der ganz kleine Augen hat, der etwas steife, bärtige Bankangestellte Fritz Jensen von der Nordfriesischen Bank und Bürgermeister Brodersen aus Nieblum mit seinen Bernhardinerwangen, den ich oft bei uns im Ort treffe und der mit meiner Mutter und meinen Onkeln Arne und Cord in einer Straße aufgewachsen ist und jede Geschichte aus ihrer Jugend kennt. Seit er nicht mehr das Häuschen abreißen will, in dem Maria und ich wohnen, gehen wir sogar richtig nett miteinander um.

«Moin», grüße ich, «ich bin Sönke, aber das wisst ihr ja.»

«Moin, Moin» von allen Seiten.

«Wann kommen die anderen?», erkundige ich mich.

Der dicke Ketels lacht so heftig, sodass seine kleinen Augen fast nicht mehr zu sehen sind. «Was für andere? Es gibt keine anderen!»

Verstehe, ein überalteter Chor mit Nachwuchssorgen, kurz vorm Abnippeln, und ich soll die Jugendquote heben – mit 36 eine selten gewordene Gelegenheit, auf die ich trotzdem gerne verzichten kann. Kapitän Petersen scheint meine Gedanken zu lesen und grinst mich breit an: «So ist das nun mal, wenn man pauschal gebucht hat.»

«Lass uns anfangen», drängelt der steife Fritz Jensen. «In genau einer Stunde und 15 Minuten wirft uns der Hausmeister raus.»

«Was kannst du denn aus'm Stegreif?», erkundigt sich Lükki bei mir.

Ich überlege: «Hamborger Veermaster.» Als Hamburger Junge lernt man dieses Lied in der Schule noch vor der Nationalhymne.

Die Männer pulen sich hinter den Tischen heraus und drängen sich hinterm Lehrerpult eng zusammen. Ich stelle mich ganz automatisch zum Tenor, der von vorne gesehen immer links steht.

«Nee, du nicht», weist Brodersen mich zurecht und schiebt mich sanft nach vorne.

«Du machst den Vorsänger», erklärt Lükki. Offensichtlich ist das ein Gemeinschaftsbeschluss, der vor meiner Ankunft gefällt wurde.

«Das ist nicht euer Ernst.»

Kapitän Petersen schaut mich freundlich-streng an.

«Und wie!»

«Ich werde beim Shantysingen immer leicht seekrank», albere ich blöde herum, «außer ich stehe hinten.»

«Dagegen gibt's ein altes Hausmittel», kommt es vom Kapitän ungerührt zurück. Er zaubert eine Flasche Köm aus seinem Rucksack und gießt mir ein Schnapsglas ein.

«Nicht lang schnacken, Kopf in'n Nacken.»

Ich erinnere ich mich in diesem Moment an den Besuch zweier amerikanischer Studentinnen in meiner Hamburger WG, mit denen ich damals auf den Kiez gegangen bin. Wir waren erst in ein paar coolen Läden, die sie sehr an ihre Heimat Austin, Texas erinnerten. Der Abend lief nicht gut, sie hatten aus irgendeinem Grund schlechte Laune, was weiß ich. Das änderte sich schlagartig, als wir im «Silbersack» landeten, einer Kult-Eckkneipe mit «German unplugged music». Was sie damit meinten, war ein besoffener Akkordeonspieler, der Hans Albers nachahmte. Mein Kurs bei ihnen stieg gewaltig, da ich die meisten Lieder mitsingen konnte: «Auf der Reeperbahn nachts um halb eins ...»

Petersen hängt sich ein Schifferklavier um und gibt ein «A» an alle, die Jungs summen einen Grundakkord in freundlichem Dur.

Meine Stimme ist noch gar nicht eingesungen. Egal, los geht's. Ich atme tief in den Bauch und singe: «Ik heff mol een Hamborger Veermaster seen ...»

Die Männer geben mir erstaunlich sanft ein Echo zurück: «To my hooday ...» Fühlt sich gar nicht schlecht an.

Meine Stimme wird fester: «De Masten so scheep as den Schipper sien Been ...»

Wieder fangen die Herren mich verlässlich auf: «... to my hooday, hooday hooohoohooho.»

Dann singen wir zusammen, den Refrain. Genau wie die Seevögel, mit voller Kraft, aber nicht zu laut: «Blow, Boys, blow, for Californio, there ist plenty of gold, so I've been told, on the bank of Sacramento.»

Es ist verblüffend. Wenn ich tief einatme und die Augen schließe, wird der Körper bis in den letzten Winkel mit frischem Sauerstoff geflutet. Nach einer Weile werde ich so euphorisch, dass ich glaube, fliegen zu können. Und wieder spüre ich das, wovon sonst nur Esoteriker nach einem ihrer Tantra-Reiki-Sushi-Wochenenden berichten: Ich werde ganz leicht. Oma, Maria, alle Geheimnistuereien, die Arche, die Zukunft, alles rückt weit weg und macht einer tiefen Zuversicht Platz.

Wie kann das sein? Genau dasselbe habe ich bei den Seevögeln empfunden. Funktioniert das mit Shantys in einer Siebziger-Jahre-Schule genauso wie auf dem Deich im Sommersturm? Egal, *was* du singst, wenigstens du *singst*?

Mehr davon!

Die Herren sorgen unablässig für musikalischen Nachschub, und ich bin erstaunt, wie viele Shantys ich kenne: Hans Albers, «Rolling Home», «Wo die Nordseewellen trekken an den Strand». Die Lautstärke des Chores kommt niemals plump daher, sondern wird unglaublich fein abgestimmt auf den Vorsänger. Meine Vorurteile waren lächerlich, die Männer verstehen viel mehr von Musik als ich.

Danach sitzen wir an den Schultischen zusammen, wir halten alle Bierflaschen in den Händen, die Hotelchef Ketels aus seiner großen Sporttasche gezaubert hat.

«Klargekommen?», erkundigt sich Petersen.

«Ihr seid richtig gut», lobe ich aus vollem Herzen. Wenn die nicht Shantys singen würden, sondern etwas anderes, wären die unglaublich erfolgreich.

«Wieso singt ihr eigentlich Seemannslieder?», frage ich.

Lükki grient sich einen. «Ganz einfach. In dieser sterilen

Schule vor uns hinsingen, wäre zu öde. Mit Shantys bekommen wir eben die meisten Auftritte in dieser Gegend.»

Ich kann das fast nicht glauben. «Und was hört ihr privat?»

Der steife Fritz Jensen von der «Nordfriesischen Bank» lächelt freundlich: «Ich bin großer Anhänger des Original Blues, John Lee Hooker, wenn du den kennst.»

Verwaltungsleiter Christian Rodiek mag finnischen Tango. Ich lache: «Tango aus Finnland?»

Christian ist meine Unwissenheit leicht unangenehm: «Finnland ist Tangoland Nummer eins, wenn du die Zahl der Tänzer auf die Bevölkerungszahl umrechnest, noch vor Argentinien.»

«Nee.»

«Ist so.»

Konditormeister Jens Jensen findet Tango grässlich, egal, wo er herkommt. «Ich bleibe bei den Stones.»

Im Endergebnis hört niemand von ihnen privat Shantys, sondern singt sie ausschließlich bei den Knurrhähnen.

Nach der Probe gibt es natürlich keine Zusagen wegen der Arche, das war auch nicht zu erwarten. Für den großen Durchbruch sorgt am nächsten Tag Oma – ausgerechnet im Museum «Kunst der Westküste»!

14. Die Königin von Dänemark

Oma kommt mit zwei Gläsern Portwein aus der Küche und setzt sich auf die Couch unter dem verräucherten Elefantenbild. Ihre Wohnung ist so akkurat aufgeräumt, wie seit Jahren nicht mehr. Der Brandgeruch hängt immer noch im Raum, vermischt sich aber jetzt mit dem fiesesten, schärfsten Scheuermittel, das ich je gerochen habe. Regina muss wie eine Furie durch die Räume gefegt sein. In einer verborgenen Ecke ihrer Putzkammer hortet sie bestimmt noch Mittel aus den Sechzigern, die wegen ihrer Schadstoffhaltigkeit nicht mal mehr von Nordkorea als Kampfmittel eingesetzt werden. Ich mochte Omas lässige Unordnung; jetzt liegen selbst die Zeitschriften streng auf Kante übereinander.

«Wie sieht das hier bloß aus?»

«Regina war nicht zu bremsen», seufzt Oma.

Verstört setze ich mich neben sie. Die ukrainische Band draußen in der Kurmuschel beginnt gerade mit dem Udo-Jürgens-Lied «Ich war noch niemals in New York». Ich werde diesen Titel für den ganzen Tag nicht mehr aus dem Ohr bekommen, das weiß ich jetzt schon, aus irgendeinem Grund trifft das Lied bei mir auf eine extrem empfangsbereite Hirnregion.

«Skål for gamle denmark», prostet mir Oma auf Dänisch zu.

«Skål, Oma.»

Sie sieht immer noch müde aus und sollte dringend etwas schlafen.

«Wo steckt Jade?», frage ich. Die sollte doch Oma nicht aus den Augen lassen. Ich habe ihr sehr ins Gewissen geredet, dass wir uns alle auf sie verlassen und so weiter, und sie war damit einverstanden.

«Die treibt sich mit dem Enkel von Dingsda herum, na, wie heißt er noch …»

«Ocke?»

Oma schaut mich erleichtert an. «… genau, mit Momme treibt sie sich rum.»

Der Mofafahrer, der Oma mit dem Fahrrad vom Osterland nach Hause gezogen hat.

«Warst du mal bei Dr. Behnke?»

«Wieso? Sehe ich krank aus?»

«Ich dachte nur, wegen deiner Schlafstörungen.» Ich tue so, als wäre das schon ein Thema gewesen, wobei ich auf ihre Vergesslichkeit setze. In Wirklichkeit habe ich mit Oma nie darüber geredet.

«Was denn für Schlafstörungen?», wundert sie sich.

«Haben wir darüber nicht neulich geredet?»

Oma schaut mich besorgt an. «Du kannst dich nicht daran erinnern, worüber du mit mir geredet hast?»

«Dann habe ich das wohl verwechselt», rede ich mich heraus.

Oma schaut mir prüfend in die Augen und schüttelt mit dem Kopf: «Sönke, was ist denn los mit dir?»

«Wieso?»

«Du siehst gestresst aus.»

«Ja?»

Oma ist wirklich besorgt. «Das mit den Gedächtnislücken solltest du im Auge behalten, damit ist nicht zu spaßen», mahnt sie. «Das kann was Ernstes sein.»

Moment mal! Irgendetwas läuft hier gerade schief.

Oma kippt den Portwein mit einem Schluck hinunter, was fast so aussieht, als müsse sie sich Mut antrinken.

«Sönke, ich muss mal ernsthaft mit dir reden», flüstert sie plötzlich leise und heiser. Ihr Tonfall ist ungewohnt schüchtern, wie bei einem Bekenntnis, das ihr sehr, sehr schwer fällt. Wahrscheinlich hat sie selbst endlich eingesehen, dass sie Hilfe braucht.

«Och, Oma.»

Es fällt ihr nicht leicht, damit herauszurücken, was ich gut verstehen kann. Wem würde es anders gehen? Ich bekomme einen trockenen Mund. Was folgt jetzt? Ein Geständnis wegen des Diebstahls im Museum? Ist ihr doch wieder alles eingefallen?

Ich nehme Oma in den Arm, drücke sie und gebe ihr einen Kuss auf die Wange.

«Es ist nicht einfach», murmelt sie.

«Ich, die ganze Familie, wir werden dir alle helfen, wo immer wir können. Du bist nicht alleine, das weißt du ja», sage ich, und ich meine jedes Wort davon ernst.

Oma legt ihre Stirn in ein paar mehr Falten als sonst. «Wovon redest du, Sönke?»

Ich hebe abwehrend die Arme. «Äh, wolltest du nicht gerade …»

«Warum habe ich bloß andauernd das Gefühl, du willst mir etwas in den Mund legen?»

Oma hat recht, ich sollte mich zurückhalten. «O.k., schieß los, was willst du mir erzählen?»

Oma schaut an die Decke und sucht nach Worten.

«Also, normalerweise mische ich mich ungern in die Angelegenheiten anderer Leute. Aber in der Familie ist es etwas anderes, oder?» Sie schaut mich prüfend an.

«Kommt drauf an», sage ich zögerlich.

«Wenn man sieht, dass jemand gegen die Wand fährt, und derjenige erkennt es selber nicht, sollte man da nicht Verantwortung übernehmen?»

Ich blicke nicht mehr durch und nicke verwirrt.

«Also, Sönke, ich bin eine alte Insulanerin und habe zeit meines Lebens auf Föhr gewohnt. Und Föhr ist eine kleine Insel, was bedeutet, ich kenne alle hier.» Sie starrt an die Decke.

«Willst du wegziehen, Oma? Mach dir keine Sorgen, wir besuchen dich überall, auch wenn es am Ende der Welt ist.»

Oma runzelt erneut ihre runzlige Stirn. «Sönke, was ist bloß los mit dir?», schimpft sie.

Ich hebe abwehrend beide Hände.

«Gut, du willst nicht wegziehen, alles klar, finde ich auch besser.»

Oma schaut mich mitleidig an wie einen kranken Menschen. «Sönke, ich habe mit Kapitän Petersen geredet, und der hat mir verraten, dass deine Arche nicht anläuft.»

Die Arche? Es geht um die Arche?

«Ach, das wird schon.»

Sie lacht. «Du bist sogar in den Shantychor eingetreten, Sönke, du Heuchler, nur um Kunden zu gewinnen.»

«Wieso Heuchler?»

«Eher wird der Papst Moslem als du Shantysänger.»

Oma selbst besitzt einen etwas bizarren Musikgeschmack. Beatles rauf und runter, Simon & Garfunkel, Reinhard Mey, aber ich habe sie auch schon mal bei Freddy Quinns «Junge, komm bald wieder» heulen sehen.

Sie hebt ihre Stimme wie ein Pastor auf der Kanzel und zitiert aus dem Alten Testament: «Aber mit dir will ich meinen Bund aufrichten, und du sollst in die Arche gehen mit deinen Söhnen, mit deiner Frau und mit den Frauen deiner Söhne.»

Sie fügt hinzu: «1. Mose 6, Vers 18». Ich wusste gar nicht, dass sie so bibelfest ist.

«Noah hatte es auch einfach, der hatte Unterstützung von ganz oben.»

Oma grinst. «Die bekommst du auch, mein lieber Sönke, und zwar noch heute Abend!» Sie fuchtelt mit zwei Karten in der Luft herum. «Ich habe zwei Einladungen für die Vernissage im ‹Museum Kunst der Westküste›. Die sind von Direktor Dr. Jesper Ringstaed höchstpersönlich.»

«Woher kennst du denn den Ringstaed?»

Oma wirft den Kopf in den Nacken und lächelt stolz. «Von der Eröffnung, auf der ich Margarete von Dänemark höchstpersönlich die Hand geschüttelt habe.»

Diese Geschichte haben alle in der Familie wohl an die hundert Mal gehört. Die dänische Königin war bei der Eröffnung des Museums in Alkersum anwesend, und Oma hat ihr die Hand geschüttelt. Ein Foto gibt es davon nicht, aber drei glaubwürdige Insulaner haben es bezeugt. Oma liebt die dänischen Royals über alles. Was genau genommen einen kleinen Verrat darstellt, denn die Friesen haben jahrhundertelang gegen die dänischen Könige gekämpft, das stellt quasi einen zentralen Bestandteil ihrer Identität dar. Eines der Wahrzeichen im Föhrer Inselwappen ist der Grütztopf, mit dem die friesischen Frauen der Legende nach die dänischen Steuereintreiber vertrieben haben, indem sie vom Dach heiße Grütze geschüttet haben.

Oma gießt mir Portwein nach. «Du kommst mit, und ich stelle dich Ringstaed vor. Ich habe ihm von deinem Arche-Projekt erzählt, und er war sehr angetan.»

«Echt?»

Das klingt ja phantastisch.

Oma nimmt meine Hände und schaut mich eindringlich an. «Mensch, Sönke, der Ball liegt direkt vorm Loch. Er braucht nur einen kleinen Schubs.»

Weiß Oma wirklich, was sie da tut? Kennt sie Ringstaed wirklich, und erinnert der sich auch an sie? Ich bin da nicht sicher. Oma neigt dazu, ihre Wirkung zu überschätzen. Und falls sie sich auf der Vernissage danebenbenimmt oder einen ihrer Ausfälle hat, schadet es mir unter Umständen mehr, als es nützt. Immerhin ist sie im Nachthemd mit ihrem Haustürschlüssel in der Hand durch Wyk gelaufen! Und wie war das mit der asiatischen Tomatensoße für die morgendlichen Spaghetti? Den Bilderdiebstahl lasse ich mal ganz ausgeklammert.

Andererseits möchte ich die Museumsleute natürlich dringend auf meine Arche einladen. Eine Ausstellung mit Bildern von der Westküste wäre das kulturelle Highlight auf dem Schiff; das würde todsicher viele andere Betriebe von der Insel mitziehen.

«Sehe ich da kein dankbares Lächeln im Enkelgesicht?»

Ich habe wohl zu lange überlegt. «Danke, Oma, super!» Was soll ich nur tun?

Meine Großmutter tut das, was sie so überzeugend kann wie sonst kaum jemand in der Welt: Sie strahlt mich begeistert an. Es wird schon gut gehen.

«Gerne, mein Sönke.»

«Wann geht es los?»
«Heute Abend zur besten Sendezeit, um sechs.»
«Ich hol dich ab.»
Oder sollte ich besser doch kneifen?

15. Nordisch-elegant

Die Sonne wird durch eine dünne Hochnebelschicht gefiltert, der Himmel besteht aus Millionen weißer Punkte. Dieses Licht kommt mir an diesem warmen Sommerabend heller vor als Licht von einem wolkenlosen Himmel. Ich parke Marias Mini auf einem Hof am Rande des Dorfes, weil der reguläre Parkplatz bereits voll ist. Es riecht hier streng nach frischem Kuhdung. Ich springe aus dem Wagen und halte Oma die Tür auf. Sie hat, wie immer, ihre Lieblingsfarbe «bunt» gewählt, die kimonoartige Bluse besteht aus nahezu allen Farben, die auf diesem Planeten vorkommen. Auch ihr leuchtend hellblauer Lidschatten ist nicht dazu geeignet, einen diskreten Kontrast dazu zu setzen. Ich bin froh und erleichtert, dass sie nicht bauchfrei geht, es wäre nicht das erste Mal. Jade ist mit dem Fahrrad vorgefahren, nicht, weil sie die Vernissage nicht erwarten konnte, sondern um Momme früher zu treffen.

Irgendwie habe ich eine böse Vorahnung, dass heute Abend etwas Ungutes passiert. Ich kann nicht genau sagen, was es sein könnte, aber irgendetwas Wichtiges wird schiefgehen, da bin ich sicher. Vielleicht wird Oma verhaftet, oder Dr. Ringstaed will nicht auf mein Schiff, oder etwas anderes. So ein Gefühl habe ich sehr selten, aber wenn ich es habe, ist es verlässlich.

Was soll ich tun? Wegen einer bösen Vorahnung sagt man nicht ab. Das wäre lächerlich, außerdem hängt der Erfolg meiner Arche ziemlich an dem Abend. Hier geht es um keine Klitsche, sondern um ein internationales Kunstmuseum, das erstaunlicherweise in einem kleinen Inseldorf abseits der großen Metropolen liegt. Wenn man das erste Mal hier ist, kann man nicht fassen, was für kostbare Werke in Alkersum hängen. Das hängt mit der Lebensgeschichte des Gründers Frederik Paulsen zusammen. Er wurde 1909 in Dagebüll geboren und fühlte sich zeit seines Lebens Föhr und der friesischen Kultur verbunden. Daran hielt er auch fest, als er in der NS-Zeit aus Deutschland fliehen musste. Paulsen wurde später in Schweden mit einem Pharma-Unternehmen ernsthaft reich und zog anschließend nach Alkersum zurück. Sein Sohn Frederik Paulsen jr. ließ nach dem Tod seines Vaters das Kunstmuseum hier bauen, das nicht seinem Stifter huldigt, sondern der Kunst. Alles ist bis ins Detail nordisch-elegant.

Oma hakt sich bei mir ein. Alle Menschen, die auf der Hauptstraße zu sehen sind, schlendern in Richtung Museum. Schon der Fuhrpark der Gäste unterscheidet sich von Vernissagen dieser Preisklasse in Hamburg oder anderswo. Kein roter Teppich, kein Protz. Viele haben ihren Wagen auf dem Festland gelassen und sind mit dem Fahrrad da. Selten sieht man so verschiedene Menschen miteinander gehen, teures dunkelblaues Tuch plaudert mit Streetwear, und Touristen in Urlauberkleidung kommentieren von der Seite. Großes Thema überall ist natürlich der Kunstraub. Ein bisschen sind alle auch neugierig, an diesem Abend den Tatort eines Verbrechens kennenzulernen.

Schon auf der Straße treffen wir die ersten Bekannten,

Gerda und Annalena, außerdem Vogelwart Markus von den Seevögeln, den rundlichen Hotelchef Holger Ketels von den Knurrhähnen, der mir mit seinen kleinen Augen fröhlich zuzwinkert, und meinen Freund Brar, den Autohändler, der mir auf die Schulter haut und eine vernichtende Revanche für unser letztes Tischtennis-Match ankündigt (das ich gewonnen habe, wenn auch nur mit einem Punkt Vorsprung).

Oma kämpft gegen ihre chronische Müdigkeit, das ist ihr deutlich anzumerken.

«Wenn du nach Hause willst, sagst du Bescheid», biete ich ihr an.

«Na, das ist ja eine tolle Ansage, am Beginn einer Party», beschwert sie sich. Hoffentlich geht das gut.

Der alte Dorfgasthof, in dem die legendäre Wirtin Grethjen Hayen im letzten Jahrhundert hin und wieder Maler beherbergte, wurde neu aufgebaut; die Fassade hat man weiß bemalt. An der Wand des Gastraums steht riesengroß ihr Sinnspruch: *Nee, wi hebb'n eenmol ein Maler hat, nie weder wüll's wi en Maler hebb'n.* (Nee, wir haben schon einmal einen Maler gehabt, nie wieder wollen wir einen Maler haben.) Das soll sie zu Heinrich Otto Engel gesagt haben, als der bei ihr wohnen wollte. Mit der wunderbaren Pointe, dass er anschließend elf Sommer kam und ihr Gasthof posthum zum Kunstmuseum ausgebaut wurde. Um das Haus gruppieren sich eine reetgedeckte Scheune und zwei schlichte rechteckige Quader aus gelbem skandinavischem Klinker, es gibt einen großen windgeschützten Innenhof.

Am Eingang des weißen Gasthofes werden wir herzlich von Friederike begrüßt. Ihre beiden Zöpfe sitzen perfekt, und die blauen Augen leuchten freundlich wie immer, sie lässt sich uns gegenüber nichts anmerken. Immerhin steht das Museum offenbar zu ihr, wenn sie trotz des Verdachts der Polizei hier am Eingang die Karten kontrollieren darf.

Ich nehme sie beiseite. «Maria weiß nichts von der DVD», flüstere ich ihr ins Ohr.

«Trotzdem ist die Polizei hinter mir her», antwortet sie. «Das muss ein Ende haben.»

«Ich regele das», verspreche ich. Maria muss dringend mit ins Boot! Die Ermittlungen gegen Friederike sind eine üble Panne, die keiner absehen konnte.

Friederike grinst: «Die können mir zum Glück nichts beweisen!»

«Du warst es ja auch nicht.»

Sie nickt und reißt die Karten der nächsten Besucher ab: «Viel Spaß heute Abend!»

Überall sieht man frisch geduschte, kultivierte Menschen mit sauberen Fingernägeln, die ein Glas Sekt in der Hand halten. Im Vorbeigehen höre ich neben Friesisch und Deutsch noch Dänisch, Englisch, Schwedisch, Norwegisch und Niederländisch, sogar Russisch. Was mit dem internationalen Renommee des Museums, aber auch mit der Biographie des Stifters und der des dänischen Direktors Jesper Ringstaed zusammenhängt. Begriffe wie «Fjord» und «Sturmflut» fallen unter den Vernissage-Gästen häufiger als «Point of Sale» oder «geschätzter Marktwert», was ich sehr angenehm finde.

Die Terrasse des Innenhofs ist voller Menschen, ich erkenne Christian, den Verwaltungsleiter der Inselklinik, Lükki, der bei Oma gelöscht hat, Bürgermeister Brodersen aus Nieblum, alle in Fischerhemden mit rotem Halstuch. Einige Auswärtige glauben, hier seien echte Fischer anwesend, und das sollen sie wohl auch.

Es scheint an diesem Abend zur Nacht hin immer wärmer zu werden statt kälter. In der Mitte des Innenhofs sitzen Jade und Momme im Schneidersitz auf dem Rasen, Jade in voller schwarzer Montur mit Ledermantel. Irgendwie gefällt es mir, dass die Tradition weitergereicht wird, sich in einem bestimmten Alter im Schneidersitz demonstrativ auf den Boden zu setzen, wo sonst nur Leute stehen, um zu zeigen, dass man anders ist. Momme sieht etwas unsicher aus. Zugegeben, Jade hat es leichter als er, sie ist in zehn Tagen wieder in Frankfurt, Insulanerjunge Momme dagegen wird die meisten Leute täglich wiedertreffen, zum Beispiel seinen Mathelehrer, den ich am Sektstand gesehen habe, und seinen Fußballtrainer …

Jade springt auf und umarmt Oma. «Moin, Oma.»

Dann umarmt sie mich. «Moin, Sönke.» Es ist unsere erste Umarmung.

Oma und ich begrüßen kurz Momme, der nicht aufsteht, weil er unauffällig die Zigarette hinter sich auszudrücken versucht, die er bis zu unserem Erscheinen mit Jade geteilt hat. Es gelingt ihm nicht ganz, ein kleines Rauchzeichen steigt unbeirrt weiter hinter seinem Rücken auf.

Meine böse Vorahnung löst sich auf, das Gegenteil tritt ein: Ich habe mich geirrt, es wird ein phantastischer Abend! Heute wird alles geklärt, auch und gerade mit Maria, ich spür das!

Ich gehe mit Oma an meiner Seite vom Garten in den großen Salon, der voll gehängt ist mit Bildern, die alle mit dem Meer und seinen Bewohnern an der Westküste zu tun haben, von Norwegen bis zu den Niederlanden. Die weißen Wände besitzen keine Fußleisten, die Beschriftungen sind direkt auf die Wand gedruckt. Alles wirkt dadurch leicht, die Wände scheinen zu schweben. Das Tageslicht erhält von allen Seiten Zugang; wenn draußen Wolken vorbeihuschen, erscheinen die Bilder in immer wieder neuer Farbtemperatur und Helligkeit.

Plötzlich steht Tobias vor uns.

In *meinem* besten Anzug.

In *meinem* schwarzen Hemd.

Das mir Maria zu *meinem* letzten Geburtstag geschenkt hat.

«Hallo, Sönke.» Er haut mir auf die Schulter, als seien wir alte Kumpel. Nach seiner Rauferei mit Hauke finde ich das noch schlimmer, als es so schon wäre. Mit einem freundlichen Lächeln zeigt er seine perfekten Zähne. Den eloquenten, kunstsinnigen Intellektuellen auf der Vernissage hat er mit Sicherheit genauso drauf wie den stumpfen Provokateur auf Haukes Hof.

Ich trete zur Seite. «Das ist meine Großmutter Imke Riewerts.»

Er reicht Oma die Hand. «Angenehm, Winter, Bundeskriminalamt.»

«Wie sind Sie bloß beim Kunstdiebstahl gelandet?», erkundigt sich Oma höflich, die offensichtlich schon via Inselklatsch von dem Fahnder Tobias Winter gehört hat. Taxiert sie gerade ihren Gegenspieler, ohne dass der es ahnt?

Tobias lächelt. «Vater Kunsthistoriker, Mutter Chemikerin, was soll da herauskommen? Vater hat mich in alle wichtigen Kunstmuseen der westlichen Welt geschleift, und ich habe fünf Semester Chemie studiert. Letzteres zwar ohne Abschluss, aber dadurch kann ich immerhin die Leute von der Spurensicherung fachlich besser verstehen als die meisten meiner Kollegen.»

Kurz zusammengefasst, er kann *alles*.

Plötzlich hat Oma hinter ihm einen Bekannten entdeckt, dem sie heftig gestikulierend zuwinkt.

«Wo ist Maria?», frage ich Tobias.

«Kommt gleich», kündigt er an. «Die wollte noch was von Zuhause holen, sie müsste jeden Moment hier sein. Aber ich warne dich gleich: wir sind dienstlich hier.»

Will der mir verbieten, mit meiner Liebsten zu reden? «Guten Tag sagen darf ich aber noch, oder?»

«Wenn nichts Wichtigeres anliegt …», lächelt er. Im besten Fall meint er das ironisch. Ansonsten kann ich nur bereuen, dass Hansen ihn nicht dienstunfähig gehauen hat.

Bürgermeister Brodersen aus Nieblum drängelt sich zwischen uns. Obwohl ich blau-weiß gestreifte Fischerhemden und rote Tücher nicht mehr sehen kann, muss ich sagen, ihm steht das.

«Mensch, Sönke», schnauft er. «Ich hab dich überall gesucht.»

«Was gibt's denn?»

«Du musst uns aushelfen.»

«Wie?»

Er sieht gestresst aus. «Kapitän Petersen ist nicht gekommen, du bist der Einzige, der einspringen kann.»

Ich weiß, dass die Knurrhähne eingeladen sind, zu den Meeresbildern zu singen.

«Nicht im Ernst.»

Er lässt das nicht gelten. «Eine Hand wäscht die andere, Sönke.» Es klingt wie eine Drohung.

Erst jetzt entdecke ich, dass er Fischerhemd und Prinz-Heinrich-Mütze für mich schon in der Hand hält. «Los, auf Klo und rüber damit, es fängt gleich an.»

Oma amüsiert sich prächtig: «Ayay, Bootsmaat Sönke.»

Wo bin ich hier nur hineingeraten? Ich werfe einen kurzen Blick Richtung Notausgang, dann eile ich doch zur Herrentoilette, um mich umzuziehen.

Dr. Jesper Ringstaed ist ein riesiger, etwas untersetzter Mann mit rotblonden Haaren, ungefähr Mitte vierzig. Von seiner massigen Figur her könnte man ihn für einen Förster oder Landwirt halten. Seine Hände sind groß wie Schaufeln und berühren doch selten etwas anderes als Papier und das Edelmetall der Museumstürklinken. Erst einmal begrüßt er die Gäste auf Deutsch, Friesisch und Dänisch. Dann spricht er mit leichtem dänischem Akzent auf Deutsch weiter.

«Diese Ausstellung zeigt die zeitlose Erhabenheit des Meeres, der Sehnsucht nach den Weiten des Horizonts und der Angst vor der Unbeherrschbarkeit der Elemente. Das Schöne dabei ist, dass es auf natürliche Weise keine Barrieren zwischen Kunst und Publikum gibt. Sie, meine Damen und Herren, sind alle mit dem Schiff über das Meer auf die Insel gekommen, mit anderen Worten, Sie alle hatten Meereskontakt, bevor Sie unser Museum betraten. Da erfüllt sich in gewisser Weise der Sinnspruch von Joseph Beuys, ‹Alle Menschen sind Kunstexperten, außer Kunstexperten›. In diesem Sinne fühle ich mich durch Ihre Anwesenheit sehr geehrt.»

Dann fügt er hinzu: «Und falls der Dieb vom ‹Friesischen Mädchen› unter uns ist, habe ich eine Nachricht für ihn: Wir finden dich! Unsere Hunde riechen dich schon! Und sie bellen nicht nur, sie beißen! Ohne Vorwarnung! Vielen Dank.»

Fröhlicher Applaus der Vernissagegäste.

Die Knurrhähne entern das Parkett. Lükki setzt mir die Prinz-Heinrich-Mütze auf und schiebt mich vor sich her. Die anwesenden Seevögel nehmen den Überläufer aus ihren Reihen staunend zur Kenntnis.

Mich überfällt das sichere Gefühl, einen Fehler zu machen. Nicht wegen der Seevögel, und auch nicht, weil BKA-Tobias mit verschränkten Armen in der ersten Reihe steht und mich höhnisch angrinst. Nein, hier ist Originalkunst ausgestellt, und mit den Knurrhähnen verkaufe ich mich unter Preis. Die kopieren nur das Klischee. Wie billig wirkt das, wenn ich da mitmache? Ich muss mich sehr zusammen-reißen, denn dieser Gedanke raubt mir alle Energie, die ich für den Gesang dringend benötige.

Zu spät, ich stehe schon auf der Bühne. Also weg mit der Kopfbremse!

Dann tritt plötzlich ein Mann mit einem Akkordeon vor die Gäste, den ich so gar nicht mehr erwartet habe. Grau-meliert, mit Fischerhemd: Kapitän Petersen! Die Knurr-hähne grinsen mich an.

Sie haben mich reingelegt! Von wegen, Petersen ist nicht gekommen, die wussten, dass ich mich geweigert hätte zu singen! Kapitän Petersen wirft mir einen freundlichen Blick zu, spielt auf seinem Akkordeon den Kammerton «A» und verteilt Töne an die verschiedenen Stimmen. Die Herren summen vierstimmig an, dann geht es für mich los: «Ik heff mol een Hamborger Veermaster sehn ...»

Wir bekommen freundlichen bis begeisterten Applaus, auch von Dr. Ringstaed, und sogar von den Seevögeln, Frie-derike, Gerda und Anna. Nur Vogelwart Markus verschränkt stur die Arme vor seiner Brust.

Die Knurrhähne klopfen mir anerkennend auf die Schul-ter. Sekunden später halte ich ein randvolles Schnapsglas in der Hand und kippe mit meinen Chorbrüdern edlen Linie-Aquavit, der traditionell neunzehn Wochen in Fässern von Schiffen reift, die den Äquator kreuzen (auf der Rückseite jedes Etiketts sind der Name des Schiffes und die genaue Zeit der Reise vermerkt). Er schmeckt wunderbar. Von über-all kommen Bekannte auf mich zu, um mich zu begrüßen, mein stoppelköpfiger Onkel Arne, Taxi-Ocke, der Freund

von Oma und Großvater von Momme, und sogar Kutschenbauer Hauke, der nicht erkennen lässt, ob er noch sauer auf
mich ist. Aus dem Augenwinkel sehe ich, wie sich Oma
mit erhobenen Armen durch die dichte Menschenmenge
kämpft. Sie deutet auf Dr. Ringstaed, der umlagert ist von
Presse, Funk und Fernsehen; alle wollen an diesem großen
Abend etwas von ihm. Oma rührt das nicht im Geringsten,
sie ist überzeugt davon, dass sie und ihr Enkel Sönke wichtiger sind als die anderen, und würgt die Journalisten ab.

Dr. Ringstaed nimmt ihr das nicht einmal übel. Es ist allerdings wie in der Tagesschau: mehr als 1:30 min haben wir
bei ihm nicht, um die Welt zu erklären.

«Moin, Jesper», fängt Oma an. «Das ist mein Enkel Sönke,
der mit der Arche.»

Ein haferflockengroßes Partikelchen Mozzarella klebt in
Ringstaeds linkem Mundwinkel, soll ich ihm das sagen?
«Moin, Noah», antwortet er. «Schön, dass du da bist.»

In seinem Museum legt er Wert auf das «Du», im Dänischen ist das «Sie» ja sogar ganz abgeschafft und bleibt allein der Anrede an die Königin vorbehalten.

«Ich hatte schon mit der Stiftung gesprochen, die fanden
die Idee grandios», sagt er. «Aber der Diebstahl hat alles
durcheinandergebracht, jetzt haben sie plötzlich Bedenken
wegen der Sicherheit. Immerhin ist deine Autofähre kein
festes Museum.»

Damit habe ich gerechnet. «Die Bilder werden 24 Stunden am Tag streng bewacht», versuche ich ihn zu beruhigen. «Ich verlange sogar höhere Auflagen, als die Versiche-
rung es verlangt.»

Jesper Ringstaed nickt. «Wir haben schon ein paar Werke
ausgewählt. In Hamburg für unser Museum zu werben wäre
natürlich ein Traum.»

«Was heißt das konkret?», mischt sich Oma ein. «Seid ihr dabei, oder nicht?»

In diesem Moment schiebt sich Maria neben mich. «Ich muss dich sprechen, Sönke, sofort!»

Einen derart hochroten Kopf habe ich bei ihr weder gesehen, noch hätte ich ihn mir so rot vorstellen können. Ihre Augen sind kalt und abweisend.

«Jetzt nicht», zische ich.

Jesper Ringstaed schaut irritiert auf Maria. Von hinten pirscht sich eine junge Reporterin an ihn heran: «Mr. Ringstaed, just a minute ...»

«Das ist meine Frau Maria», stelle ich vor.

Ringstaed streckt Maria freundlich seine Hand entgegen: «Moin.»

Maria reagiert gar nicht auf ihn. Stattdessen zerrt sie so stark an mir, dass es eine Schlägerei geben würde, wenn ich mich gegen sie stemmen würde.

«Entschuldigung», raune ich Ringstaed zu und beschließe, Maria das erste Mal in unserer Beziehung zur Sau zu machen. Unser Aufeinandertreffen bei Kutschenbauer Hauke Hansen war so unglücklich wie unvermeidbar. Aber das hier geht gar nicht!

Oma schüttelt mit dem Kopf. Ihr Enkel reißt alle Bausteine wieder ein, die sie mühsam aufgebaut hat. Ich würde es ihr gerne erklären, aber jetzt geht es eben gerade nicht. Maria zieht mich durch die Menschenmenge in einen schmalen Raum zwischen großem und kleinem Salon; hier hängen Lithographien von Munch und Nolde.

«Hast du sie noch alle?», fauche ich sie an. «Das war mein wichtigster Kunde!»

Sie zieht eine DVD aus ihrer Handtasche: «Wieso weiß ich nichts davon?»

Ich bekomme einen trockenen Mund. «Was ist das?», beschwere ich mich, als wenn ich es nicht wüsste. Ein vollkommen überflüssiges, feiges Ausweichmanöver.

«Die habe ich in deinem Schreibtisch gefunden, als ich nach Büroklammern gesucht habe.»

Aus Verlegenheit und Überforderung starre ich auf die beiden dunklen Lithographien von Munch, vor denen wir stehen. Die erste heißt «Anziehung I», 1896, und die andere «Trennung», 1896. Beides malte Munch in einem Jahr. Wenn es nicht so ernst wäre, könnte ich die Parallelität fast komisch finden.

16. Auftritt Maria

Maria zerrt mich in die Galerie hinter «Grethjens Gasthof», in der die Bilder von Otto Heinrich Engel hängen. Hier halten sich nicht ganz so viele Leute auf wie im Salon. Den Diebstahl hat Ringstaed nicht vertuscht: anstelle des gestohlenen Bildes hat er hinter Panzerglas eine Kopie des Erpresserbriefes gehängt, in dem die alten Postleitzahlen gefordert werden. Nicht-Eingeweihte halten das wahrscheinlich für eine moderne Installation, auf jeden Fall zeugt es von Humor.

«Weiß Tobias von der DVD?», frage ich besorgt.

«Noch nicht!», zischt mich Maria an.

Ich berühre sanft ihren Arm. «Maria, ich wollte dich nicht in Konflikte zwischen Dienst und privat stürzen!»

Sie zieht ihren Arm weg. In diesem Moment biegt Jade um die Ecke und lacht fröhlich: «Mensch, Sönke, ich wusste es ja, du machst dich perfekt als Shantysänger!»

«Ich bin nur eingesprungen», antworte ich mit belegter Stimme, ich mag trotz des Streits mit Maria nicht gar nichts sagen.

«Hast du auch von der DVD gewusst?», fährt Maria Jade an.

«Was für eine DVD?»

«Auf der du mit Oma aus dem Fenster kletterst!»

Einen Moment lang braucht Jade, dann wird sie fast genauso rot wie Maria: «Na und?»

«Du hast behauptet, ihr wärt schon um elf wieder gegangen ...» – Was Insulanerzeuge Fietje von der Alkersumer Dorfstraße mit seiner Falschaussage bestätigt hat. – «... aber der Zeitcode auf dem Computer sagt, es ist 13:05 Uhr.»

Unser ganzes Lügengebäude bricht gerade zusammen.

«Dann ist das Ding eben kaputt!», erwidert Jade pampig.

Was kann ich tun? Kann ich überhaupt noch etwas tun?

«Darüber werden wir noch zu reden haben, dienstlich!»

«Maria ...!», gehe ich dazwischen.

«Arme Sau», fährt mich Maria an. «Wer nicht mal seiner Liebsten traut ..., ich sollte wohl besser sagen, seiner *angeblichen* Liebsten!» Sie ist nicht zu bremsen.

Ich werfe Jade einen flehenden Blick zu: «Wir haben gerade Stress. Vielleicht könntest du ...»

«Ganz genau», tobt Maria, «weil du mich die ganze Zeit belügst!» Sie rauscht davon, die Treppe hinunter. Auch in der größten Wut legt sie ihren leichten Gang nicht ab.

«Ich hätte es dir heute gesagt!», rufe ich ihr hinterher.

Maria lacht höhnisch auf: «Hätte!»

Ich verscherze es mir gerade mit der gesamten Insel, aber das ist nicht zu ändern. Maria saust durch das Museum, ich hinterher. Überall stehen Menschen, die wir kennen und die uns begrüßen wollen. Wir müssen abenteuerliche Zickzack-Kurse nehmen, um ihnen auszuweichen. Wenn sie direkt vor uns auftauchen, ignorieren wir sie einfach.

«Du willst doch nicht gegen Oma ermitteln?», flüstere ich mit aller Kraft gegen den Lärmpegel.

Maria hält sich in der Lautstärke weitaus weniger zurück.

«Du hättest mir vertrauen können!», ruft sie.

«Ja.»

Jetzt wird sie noch lauter: «Hast du aber nicht!»

«Hallo, Sönke, hallo, Maria», ruft eine Frauenstimme von der Seite. Wir schauen gar nicht hin, wo das herkommt. Hintereinander ziehen wir an meinem Lieblingsbild vorbei, dem «Portrait eines Fischerjungen im Südwester» von Christian Krohg. Ein Bild, vor dem ich normalerweise jedes Mal vor Bewunderung innerlich auf die Knie gehe. Ein zarter Junge in dunkler Fischerkleidung und mit dunklen Augen schaut den Betrachter mit verhaltenem Blick an. Die Landschaft hinter ihm ist in Pastelltönen gehalten und deutet den bevorstehenden Sonnenuntergang an. Eine Stimmung, die gleichzeitig ein Gefühl von Glück und Todesahnung in mir auslöst.

Plötzlich laufen wir Tobias direkt in die Arme.

«Na, alles klar? Weitergekommen?», fragt er bei Maria nach. Sie antwortet nicht.

Was Tobias nicht akzeptieren kann: «Hey, krieg ich vielleicht mal 'ne Antwort? Ich bin dein Vorgesetzter!»

Was wiederum Maria egal ist.

«Hallo, meine Kinder, kommt doch mit zur Bar.» Oma.

Maria wird sie doch nicht ans Messer liefern? Doch nicht mal, wenn sie so wütend ist, wie jetzt, oder?

«Maria, was guckst du böse», sagt Tobias.

«Ich *bin* böse», giftet Maria zurück und geht weiter. Oma und Tobias schauen sich vielsagend an: dicke Luft ....

«Ich komme mit Ihnen zur Bar», sülzt Tobias und bietet Oma galant seinen Arm an. «Was darf ich Ihnen ausgeben?»

«Wieso ausgeben? Es ist alles umsonst», korrigiert Oma seine große Geste. «Aber gerne.»

Unsere topverdächtige Oma und der Ermittler des Bundeskriminalamtes, das ist keine gute Konstellation. Aber das kann ich im Augenblick auch nicht ändern.

Ich folge Maria durch die Menschenmenge, was gar nicht so einfach ist, denn immer wieder schieben sich freundliche Gäste zwischen uns, die ich nicht einfach beiseiterempeln mag.

«Wie kommst du eigentlich dazu, in meinen Sachen herumzuwühlen?», zische ich, was natürlich vollkommen schwachsinnig ist.

Maria kämpft sich an einem dicken Mann vorbei, der aussieht wie ein Opernsänger. «Liebe heißt Vertrauen!», ruft sie zurück. «Du hast weder das eine noch das andere!»

Wir gehen in den Garten im Innenhof, aber auch hier sind lauter Leute. Der massige Ringstaed steht plötzlich neben mir und zwinkert mir zu: «Noah tat das Dach von der Arche und sah, dass der Erdboden trocken war. Wir bekommen das hin.»

Es klingt wie eine Zusage. Leider kann ich mich im Moment darüber gar nicht freuen. Was Ringstaed nämlich übersieht: Noah hatte keinen Ärger mit seiner Frau, als er auf die Arche ging. Vor allem keinen Ärger, den er sich selbst eingebrockt hatte, sonst wäre sein Kahn bei der Sintflut mit Sicherheit abgesoffen. So wie meiner jetzt.

Plötzlich ist Maria weg. Ich suche die Menschenmenge ab. Nichts zu sehen. Es ist draußen dunkel geworden und immer noch warm. Die Gäste stehen in kleinen Gruppen zusammen, allesamt bester Dinge, die Gesichter sind vom Alkohol und der Sommerwärme gerötet. Nur Maria ist nirgends zu entdecken.

Ich renne zu Friederike, die den Eingang bewacht: «Hast du Maria gesehen?»

Doch Friederike hat ganz andere Sorgen. «Sie war hier.

Mensch, Sönke, Maria hat die DVD gefunden und mir einen Höllenärger deswegen angedroht. Ich dachte, die sei sicher bei dir!»

«War sie auch!»

«War sie nicht!»

Ich beruhige sie, so gut es geht: «Es ist extrem blöde gelaufen, Friederike, ich kümmere mich darum.» Falls es nicht zu spät ist.

Friederikes Blick verrät mehr Zweifel als Zuversicht. Wenn ich bei ihr unten durch bin, kann ich das durchaus verstehen.

«Ich werde alles gestehen», kündigt sie an.

«Später, ja?», bitte ich.

Sie schüttelt heftig den Kopf.

«Lass mich mit Maria sprechen, bitte, Friederike.» Das scheint mir immer noch sicherer zu sein, als mit Tobias zu reden.

«Die ist gerade eben mit einem Polizeiwagen weggefahren», verrät mir Friederike.

Ich renne die Hauptstraße hinunter zum Hofplatz und springe in den Mini. Ich muss jetzt zu Maria! Oder?

Unterwegs zücke ich mein Handy und versuche sie zu erreichen, aber es geht nur die Mailbox ran. Ich sage, dass wir reden müssen, dass ich aber erst mal an den Strand fahre, um nachzudenken.

Kaum zu glauben, meine Beziehung steht auf der Kippe. Diese Frau liebe ich, wie kann das sein?

17. Föhrer Manhattan

Immer, wenn Föhr nicht mehr alle seine Bewohnerinnen und Bewohner nähren konnte, wanderten viele von ihnen aus. Die Westerlandföhrer in der Regel nach New York, wo sie meist Delikatessengeschäfte eröffneten, und die Osterlandföhrer als Farmer, Hühnerzüchter und Handwerker nach Kalifornien. Inzwischen leben in den USA mehr Föhrer als auf der Insel selbst. Zwischen den Ausgewanderten und der Insel gab es regen Austausch, Briefe und Reisen hin und her. So landete der «Föhrer Manhattan» auf der Insel, den Auswanderer in den vierziger Jahren des letzten Jahrhunderts mitbrachten: eine Hälfte Whisky, die andere roter und weißer Vermouth.

Arne hat immer zwei Wasserkanister davon in seinem grünen Strandkorbvermieter-Strandkorb gebunkert und ich weiß, wo er den Schlüssel versteckt. Nach der schrecklichen Vernissage in Alkersum war dies der einzige Ort, an dem ich sein mochte. Leider bin ich mit seinem «Föhrer Manhattan» derartig versackt, dass ich hier auch gleich schlafen musste. Maria weiß Bescheid, ich habe ihr eine SMS geschickt, die sie nicht beantwortet hat. Trotzdem bleibt es natürlich ein Armutszeugnis, an dem die Auswanderer keine Schuld haben.

«Arniiiiiiie, hier liegt jemand!»

Erst versuche ich die schrille Frauenstimme in meinen Traum zu integrieren, dann rüttelt mich jemand an der Schulter.

«Das ist mein Neffe Sönke», höre ich Arnes Stimme.

«Hat der kein Zuhause?», kreischt die schrille Frau.

«Sönke, aufwachen!»

Widerwillig öffne ich die Augen.

Es ist viel zu hell, die Sonne steht hoch am wolkenlosen, blauen Himmel. Mein Onkel kommt mir mit seinen kurzen Haaren vor wie ein Fremder. Neben ihm steht eine Frau in meinem Alter, die gar nicht so unsympathisch aussieht, wie ihre Stimme vermuten ließ: rotblonde Haare, grüne Augen und Sommersprossen auf der spitzen Nase.

«Moin», grüße ich mit trockenem Mund. Arne reicht mir eine Flasche Mineralwasser, die ich mir gierig an die Lippen setze.

«Alles klar bei dir, Sönke?»

Was soll in meinem Leben wohl in Ordnung sein, wenn ich hier betrunken im Strandkorb übernachte?

«Wie spät ist es?», nuschle ich verkatert.

«Acht.»

Dann hat Maria schon wieder Dienst. Heiser raune ich Arne zu: «Ich habe es vermasselt.»

«Was hast du vermasselt?»

«Alles!»

«Ärger mit Maria?»

«Alles!»

«Du bist ja immer noch besoffen! Los, ab ins Wasser!»

Ich trotte mit der Mineralwasserflasche in der Hand Richtung Nordsee, die immer noch viel zu hell in der Sonne funkelt. An der Wasserkante kniee ich mich in den Sand und schaufele mir etwas Wasser ins Gesicht. Ich schaue mich kurz um, ziehe schnell Hose und Hemd aus und laufe nackt ins Wasser. An sich eine gute Idee, die diesmal nur komplett versagt: Das Meer ist mir viel zu kalt und bleibt es auch. Nach ein paar Schwimmzügen Richtung Sylt drehe ich um.

An der Wasserkante erwarten mich Arne und seine Rothaarige mit einem Handtuch, denn neben meinen Sachen hat eine Gymnastikgruppe mit geschätzten zwanzig Frauen mittleren Alters Position bezogen. Netterweise kommt mir Arne mit dem Handtuch im Wasser entgegen, sodass ich mir keine Blöße geben muss.

Wir setzen uns in den Strandkorb.

Das heißt, Arne steht, die Rothaarige setzt sich neben mich.

«Ich bin die Carla», stellt sie sich vor und reicht mir eine Flasche Sonnenschutzmittel mit Lichtschutzfaktor 50, die ich gerne annehme.

«Sönke.»

«Ich weiß, das hat Arnie mir schon verraten.»

Wieso nennt die Arne eigentlich die ganze Zeit «Arnie»?

Soll ich ihr sagen, dass sie so alt ist wie Arniiiies Tochter Maria, deren größtes Problem ich gerade bin? Würde sie das vertreiben? Ich schaue meinen Onkel bittend an, Carla ist echt über im Moment.

«Was ist denn los?», fragt Arne.

«Nix.»

«Verarsch' mich nicht. Was ist mit Maria?»

«Nix.»

Arne ist ein feiner Kerl, aber manchmal muss man ihn wirklich sehr mögen, um ihm zu verzeihen. Zum Beispiel wie jetzt, wenn er sagt: «Ich habe vor Carla keine Geheimnisse.»

Glaubt der, ich würde mein Seelenleben vor seinem One-Night-Stand ausbreiten? Vor ein paar Tagen, genau hier auf dem Fest, hat er sie noch nicht einmal gekannt, und jetzt fährt er so dicke auf? Will er sie damit beeindrucken? Ist er derartig verzweifelt? Langsam kann ich verstehen, warum Maria mit sechzehn Föhr so dringend verlassen wollte, um so etwas nicht mehr miterleben zu müssen. Andererseits gönne ich es meinem Onkel, der immerhin schon auf die sechzig zugeht und Single ist.

«Können wir unter vier Augen reden?», frage ich trotzdem.

Carla verzieht erst leicht beleidigt ihren schmalen Mund, dann gibt sie aber doch nach: «Ist o.k., Arnie, ihr kennt euch ja länger.»

Wie wahr.

Arne und ich halten uns weit abseits der Gymnastikfrauen an der Wasserkante. Die Sonne scheint von einem blauen Himmel herab, über dem Wasser stehen noch letzte Reste des weißen Morgennebels.

Ich weiß gar nicht, was ich Arne sagen soll. Was Beziehungen anbelangt, bin ich ein Totalversager. Ich treffe die Frau meines Lebens. Komme mit ihr zusammen. Ein Glücksfall, seltener als ein Lottogewinn. Ich vertraue ihr trotzdem nicht. Belüge sie. Wie krank ist das?

Bin ich überhaupt in der Lage, einem Menschen zu vertrauen? Wenn nicht Maria, wem dann?

Ich sollte eine Therapie machen, ernsthaft. Mit Sicherheit habe ich mehr Probleme, als ich mir eingestehen möchte. Der Streit mit Maria ist nur die Spitze vom Eisberg, den ich gerade gerammt habe.

Arne und ich starren nebeneinander auf die offene See.

«Meine Tochter hat etwas Besseres verdient als dich!», raunzt Arne mich an.

«Was ist das denn für ein Schwachsinn?» Im Ernst, das klingt wie auswendig gelernt.

«Gar kein Schwachsinn!»

«Maria hat herausbekommen, dass es Beweise gegen deine Mutter gibt, die ich unterschlagen habe.»

«Mach dich nicht lächerlich! Du willst doch nur davon ablenken, dass du beziehungsunfähig bist – und zwar komplett!»

Und das ausgerechnet von Arne!

«Welche Beziehung von dir hat denn länger als zwei Monate gedauert?»

«Wir reden nicht über mich, mein Lieber, sondern über dich!»

«Und über Maria!»

«Meine Tochter lässt du besser aus dem Spiel!»

Es ist sinnlos. Ich drehe mich um und gehe.

«Soll ich dir was über Maria erzählen?», ruft Arne mir hinterher. «Sie hatte nach der Polizeischule einen Freund, der sie sehr verletzt hat. Maria hat unendlich darunter gelitten, sie bekam sogar Essstörungen deswegen. Aber dann ist sie zu ihm gegangen ist und hat ihm gesagt, dass sie ihm verziehen hat.»

Ich bleibe stehen und drehe mich um. «Was willst du mir damit sagen?»

«Der Typ war total baff und wollte wieder mit ihr zusammenkommen. Aber Maria hat ihn eiskalt abblitzen lassen.»

«Tja, Rache kann ein schönes Gefühl sein.»

«Der Typ ist total durchgedreht und hat sie verfolgt. Der hat sogar nächtelang auf ihrer Fußmatte gepennt.»

«Wie hat Maria reagiert?»

«Sie hat ihn angezeigt.»

«Und?»

«Sie hat die Anzeige wieder zurückgezogen, weil er Polizist war. Sie wollte ihm schaden, ihn aber nicht vernichten.»

«Was hat das mit mir zu tun?»

«Nur weil du mit diesem Ex nicht klarkommst, musst du nicht durchdrehen. Das ist lange her, und für Maria ist es auch nicht leicht.»

«Sag mal, wovon redest du eigentlich?»

«Tu doch nicht so! Du machst doch hier dieses Drama wegen Tobias!»

Das ist nicht wahr!

Jetzt kapiere ich, was hier *wirklich* läuft!

18. Vogelkoje

Wenn ich mir mein Inneres als Land vorstelle, gibt es darin verschiedene Zonen. Einsame Strände, um mal mit dem Angenehmsten anzufangen, Seen, lebendige Wohnviertel mit Straßencafés, aber auch Gewerbeparks und Baustellen, die sämtlich mit Autobahnen, Fahrradwegen oder Trampel-pfaden verbunden sind. Nicht alles schön, aber ich habe bis-her immer genug Baumaterial gefunden, um das Unange-nehme zu verbessern.

Von diesem Land führt ein schmaler Tunnel durch einen hohen Berg. Wenn du in diesen Tunnel gerätst, und das kann jeder und jedem passieren, schließt sich hinter dir eine mas-sive Stahltür. Du kommst nicht mehr zurück, da kannst du rütteln, so viel du willst, du hast nur deine nackten Hände, und Stahl ist Stahl.

Auf der anderen Seite ist es gleißend hell. Von allen Sei-ten hörst du deinen Namen rufen und verächtliches Geläch-ter. Dir wird heiß, und du hast nichts zu trinken, der Durst wird unerträglich. Dein Herz reagiert mit bedrohlichen Aus-setzern. Du legst dich hin und möchtest dich ausruhen, we-nigstens fünf Minuten, aber das funktioniert nicht.

Alles, was du vorher von dir gedacht hast, existiert nicht mehr. Du bist dir selbst fremd.

Genau so fühlt sich Eifersucht an!

Diese ganzen Sonderschichten von Maria – ich Trottel habe wirklich geglaubt, es ginge um den Diebstahl im Museum! Dabei hatte mein Unterbewusstsein längst Alarm geschlagen, als Maria auf Hansens Hof ihre Hand Tobias in den Nacken legte. Das war viel zu intim für eine Frau, die es hasst, Fremde zu berühren (was sie als Polizistin häufig genug muss).

Alte Geschichten aufzuwärmen ist so einfach, wenn man sich im richtigen Moment wiedertrifft. Der Vorteil ist, man weiß noch, wie alles gut funktioniert, vielleicht sogar besser als in der Zeit, in der man zusammen war.

Zu blöde, dass Maria jetzt Tagdienst hat.

Mit Tobias, dem intellektuellen Supercop aus Wiesbaden.

Der alles weiß.

Der gut aussieht.

Der jedes Problem mit zwei Telefonaten löst.

Der im Fitness-Studio immer eine gute Figur macht.

In Kunstmuseen ist er natürlich auch ein Crack.

Körper und Geist in Höchstform.

Eine Ausnahmeerscheinung.

Dagegen ich: versuche mein jämmerliches Arche-Projekt auf die Beine zu stellen, im besten Fall nährt uns das ein Jahr, im schlechtesten ein halbes oder gar nicht. Natürlich bin auch ich eloquent und buffettauglich, aber Tobias hat zusätzlich noch etwas, was ich nicht besitze: Waffengewalt. Ich hingegen kämpfe alleine, ohne Pistole, kein mächtiges BKA steht hinter mir, ich bin immer abhängig von anderen. Was für ein Scheiß.

Obwohl ich andererseits froh bin, dass die Waffengesetze in Deutschland so streng sind. Wer weiß, was ich sonst tun würde in meiner Lage …

Vor fünf Tagen habe ich noch mit Maria am Hamburger Flughafen gestanden und gedacht, Jade wird eine Art Testlauf für uns. Wie leben wir mit einem Kind? In Utersum haben wir am Strand getanzt, und in den Dünen geknutscht und gedacht, für diesen Moment lohne sich alles andere! Wir haben zusammengehalten, was Omas Wohnung anbelangte, und Maria hat sich beim Würfeln prächtig mit Oma und Jade verstanden.

Was ist davon noch übrig? Ich will Maria sehen – jetzt! Sie muss vor mir stehen und es mir ins Gesicht sagen: «Tobias ist der Bessere für mich, mit dir geht es nicht.»

Sonst begreife ich es nie!

Ich möchte Maria nicht anrufen, sondern sie direkt treffen, und wenn sie gerade mit Tobias … dann weiß ich wenigstens, woran ich bin, und muss mich nicht mehr nach ihr sehnen.

Demütigend ist, dass mein Rivale meine Kleidung trägt, *mein* Jackett, *meine* Unterhose, *meine* Identität. Das ist durch und durch böse – von ihr und von Tobias!

Per Inselfunk setze ich eine Fahndung in Gang. Föhr ist 12 Kilometer lang und 6,8 Kilometer breit. In jedem Planquadrat kenne ich jemanden. Als Erstes rufe ich Omas Freund Ocke an, der mit seinem Taxi überall herumkommt. Leider hat er den dunklen BMW mit dem aufgesetzten Blaulicht in den letzten Stunden nicht gesehen. Feuerwehrchef Lükki hat Maria und Tobias zwei Stunden zuvor in Nieblum entdeckt. Der Nieblumer Bürgermeister Brodersen weiß wiederum, dass sie in seinem Amtsbezirk getankt haben und dann Richtung Alkersum gefahren sind. Voilá, die «Kunst der Westküste».

Es ist heiß, aber ich habe keine Lust, die Klimaanlage anzustellen. Lieber schwitze ich mich tot. Ich habe extreme

Schwierigkeiten, mich aufs Fahren zu konzentrieren; jeder zweite entgegenkommende Wagen hupt mich an, weil mein Kurs auf der Landstraße offensichtlich etwas unklar ist. Polizisten sollten Autofahrer nicht nur auf Alkohol überprüfen, sondern auch auf Beziehungsprobleme: Hände weg vom Steuer bei Eifersucht!

Ich parke den Wagen direkt vor dem Eingang des Museums und stürme hinein. Friederike sitzt wie immer an der Kasse vor dem Museumsshop.

«Moin», keuche ich und renne an ihr vorbei.

«Sönke», ruft sie, «was passiert jetzt mit mir?»

Immerhin hat ihr Maria auf der Vernissage offiziell mit strafrechtlichen Konsequenzen gedroht. Ich kann Friederikes Sorge verstehen, aber jetzt gerade habe ich überhaupt keine Zeit. Wo sind Maria und Tobias? Das ist das Einzige, was jetzt zählt!

Im Salon renne ich an norwegischen Wasserfällen vorbei, passiere Katastrophen auf See, heitere Abendstimmungen mit Lampions am Wyker Südstrand, «Anziehung» und «Trennung» von Munch lasse ich im schmalen Raum rechts liegen.

Im kleinen Salon mit dem «Badenden Knaben» von Liebermann sind die beiden auch nicht. Also weiter durch den abgedunkelten Flur über die Lichtbrücke am Boden zu dem Gebäude mit den alten Mauerteilen. Genau hier verläuft die Grenze zwischen Geest und Marsch, die architektonisch mit einem Absatz eingearbeitet wurde. Auf der Marschseite beginnt die aktuelle Kunst. Ich renne die Treppe hinunter an einer riesigen Videoinstallation über das Meer in Scheveningen vorbei, reiße eine blaue Tür auf und befinde mich in einem Raum für Kinder, in dem alles in Blau getaucht ist, das Glas der Fensterfront, die Teppiche, Wände und Spielzeug, es gibt keine andere Farbe. An der einen Wand sind Rohre eingelassen, in die Kinder eine Flaschenpost stecken können, damit andere Kinder die mitnehmen. Ich interessiere mich vor allem für den großen Schrank an der Seite, durch den man den Spielbereich betritt.

Er ist leer.

Natürlich ist er leer. Was habe ich gedacht? Dass sie es im Kinderbereich miteinander treiben?

Ich renne zurück durch das Museum. Am Eingang treffe ich wieder auf Friederike.

«Hast du Maria gesehen?», keuche ich.

«Nein!», ruft sie, «warte …!»

Ich renne weiter. Natürlich ist es unhöflich von mir, ich bin Friederike einiges schuldig, aber das hier ist eine echte Notsituation. Erst im Wagen frage ich mich, warum ich Friederike nicht gleich am Eingang nach Maria und Tobias gefragt habe, das wäre viel schneller gegangen.

Es ist Quatsch, was ich hier veranstalte. Ich wähle Marias Nummer. Die Mailbox.

Vogelwart Markus klingelt durch, der bei den Seevögeln Tenor singt. Er hat den Polizei-BMW vor der Boldixumer Vogelkoje parken sehen, ist sich aber nicht ganz sicher. Für mich dagegen ist jetzt alles klar. In einer Vogelkoje jagt niemand Bilderdiebe. Hierher geht man nur, wenn man nicht gesehen werden will.

Föhr ist flach und offen, kein Berg verstellt den Blick, auch kein Bauwerk. Nur an ausgesuchten Stellen gibt es kleine bewaldete Inseln mit einer höheren Gestrüpp- und Baumdichte als im Regenwald, die Vogelkojen eben. Selbst mit einer Machete hätte man extreme Schwierigkeiten, eine Schneise hineinzuschlagen. Man kann sich vorstellen, dass

in den letzten Jahrhunderten hier geheime Händel ge-
tätigt wurden und Piraten ihre Beute vergruben. Doch das
ist nur eine Kinder- und Jugendbuchphantasie, die Koje
ist schlicht und einfach eine Vogelfalle. Enten und Gänse
sind auf ihrem Flug durch die nordfriesische Weite auf geschützte Rastplätze angewiesen. Die Vogelkojen mit ihrer dichten Vegetation erscheinen ihnen als perfekte Oa-
sen. In der Mitte befindet sich ein offener Teich, von dem
aus kleine, immer enger werdende Gräben mit Reusen ab-
gehen, die so genannten Pfeifen. Mit Hilfe von gezähmten
Lockenten wurden die Wildenten hier hineingelockt. Am
Ende wartete der Kojenwart, um ihnen den Hals umzudre-
hen. Zehntausende Enten im Jahr sollen die Föhrer früher
so gefangen haben.

Ich parke den Mini vor dem einzigen Eingang. Der Dienst-
BMW von Tobias ist nicht zu sehen, aber das muss nichts
heißen. Die Vogelkoje ist von einem Graben umgeben, den
Steg haben sie hinter sich hochgezogen. Zum Glück liegt ein
Stückchen weiter ein Baumstamm, über den ich hinüber-
balanciere; fast rutsche ich dabei ab.

Als ich drüben bin, hält mich nichts mehr auf. Ich kämpfe
mich durch extrem dichtes, dorniges Gestrüpp wie durch
eine Wand. Das dichte, dornige Geäst schluckt jeden Schall.
Hier ist es absolut windstill, allenfalls streicht hin und wieder ein Hauch oben über die Baumkronen. Es ist wirklich
die perfekte Falle.

Mein Herz fängt an in einem eigenen Takt zu klopfen, unabhängig von meiner Bewegung, es rast, wenn ich stehe und
kommt nicht hinterher, wenn ich laufe. Als ob eine fremde
Macht die Regie über mich übernommen hätte. Ich bin nur
noch Werkzeug.

Mein Gesicht zerkratzt an einer Dornenhecke – egal. Weiter. Wenn Maria und Tobias hier sind, werde ich sie finden!

Plötzlich klingelt mein Handy. Jade ist dran. Was will die denn? Das passt gerade überhaupt nicht!

«Moin, Jade.»

«Moin, Sönke, du musst mir helfen. Mich verfolgen ein paar Typen auf dem Friedhof, die was von mir wollen. Ich habe mich in der St.-Laurentii-Kirche versteckt.»

«Was für Typen?», frage ich erschrocken. Doch sie hat schon aufgelegt. «Ich komme», rufe ich, obwohl sie mich nicht mehr hören kann.

Ich muss jetzt so schnell wie möglich nach Süderende kommen. Als ich mich zurück zum Ausgang kämpfe, wähle ich im Laufen Marias Handynummer und spitze die Ohren, ob es in der Vogelkoje irgendwo klingelt.

Nichts.

Wahlwiederholung.

Nichts.

Warum auch? Was unterstelle ich dem liebsten Menschen in meinem Leben eigentlich? Wie wenig ist noch von mir übrig, dass ich so denke?

Der Ausgang war eine schlechte Idee, denn er ist ja geschlossen. Und der Graben ist immer noch zu breit, um ihn zu überspringen. Sehr umständlich und langsam arbeite ich mich durchs Gestrüpp zurück zu dem Baumstamm, über den ich gekommen bin, und balanciere auf die andere Seite.

Auf dem Parkplatz springe ich in den Mini und rase durch die Marsch Richtung St. Laurentii. Was ist da bloß los? Föhr ist doch nicht die South Bronx! Ich drücke das Gas voll durch, zum Glück geht es in der Marsch ja meistens geradeaus. Meistens.

Nur manchmal gibt es doch eine Kurve, und ganz plötzlich ist sie da. Ich erkenne sie viel zu spät, weil ich in der Marsch vollkommen die Orientierung verloren habe, und dann noch die Hitze ...

Obwohl ich voll in die Bremsen steige, bleibt der Wagen vorbildlich in der Spur. Aber die Begegnung mit dem Viehgatter ist nicht zu verhindern. Es kracht sehr hässlich, vorne splittern die Scheinwerfer, und die Motorhaube bekommt unschöne Beulen.

Ich steige aus und hole Luft. Die Sonne brennt mir auf den Kopf, ich habe Durst. Der Mini sieht so aus, als hätte ihn die Polizei gerade aus dem Verkehr gezogen, ein Schrotthaufen. Das wäre mir egal, aber die Räder sind blockiert, weiterfahren geht nicht. Natürlich könnte ich die Polizei anrufen und zum Friedhof schicken, aber bis die aus Wyk da sind .... Ich biege mit Gewalt den rechten Kotflügel weg, damit das Rad frei kommt.

Dabei fällt die vordere Stoßstange ab.

Ich bin am Ende.

Am liebsten würde ich mich in den Wagen setzen und einfach die Augen schließen. Aber ich kann Jade unmöglich hängenlassen. Also Rückwärtsgang rein und weiter. Zum Glück fährt der Wagen wieder.

19. Endzeitromantik

Zwischendurch muss ich noch einmal anhalten, weil der linke Kotflügel mit einem hässlichen Ton am Rad schabt. Ich biege ihn so hin, dass ich langsam weiterfahren kann. Der Himmel bezieht sich, die Marsch erstarrt in schattenlosem Grau, aus allen Farben werden Kontrast und Schärfe herausgefiltert.

Ich stelle den Wagen vor der Friedhofsmauer von St. Laurentii ab und haste über den Friedhof in die Kirche. Drinnen umfängt mich der charakteristische Kirchengeruch, wie immer der auch entsteht, ich vermute, dass wurmstichige Gesangsbücher und Kerzen mehr dazu beitragen, als man denkt.

«Jade?»

Laut rufend, suche ich alle Winkel der Kirche ab, was gar nicht so einfach ist: Es wird gerade alles renoviert, sämtliche Wände sind eingerüstet und viele Ecken mit Plastikfolien abgeklebt.

Jade ist in der Kirche nirgends zu sehen, ich finde auch keine Typen, es ist einfach niemand hier

Ich bin doch nicht zu spät? Besorgt sprinte ich nach draußen. Wenn sie nicht in der Kirche ist, vermute ich sie beim Grabstein von Matthias Petersen, dem Glücklichen.

Doch da ist sie auch nicht. Ich schaue hinter jeden Grab-stein. Nichts.

Dann bin ich einmal um die Kirche herum, und plötzlich – steht Maria vor mir! Mit gezogener Dienstwaffe!

«Maria!», rufe ich erschrocken.

Sie ist ebenfalls geschockt: «Sönke! Was machst du denn hier?»

«Äh, ich suche Jade.»

«Ich auch, sie braucht Hilfe.»

«Ich habe sie nirgends gefunden.»

«Lass uns zusammen suchen.»

Sie steckt die Waffe wieder ein. In diesem Moment mel-den sich synchron unsere Handys. Jeder von uns hat ein Smily von Jade geschickt bekommen.

Wir brauchen beide eine Sekunde, bis der Groschen fällt.

«Hey, das war eine Intrige», sage ich. «Sie wollte, dass wir uns treffen.»

«Süß.»

«Wie kommt sie darauf?»

«Sie hat unseren Streit in der Galerie mitbekommen», mut-maßt Maria. «Schon vergessen?»

«Wir hätten uns sowieso getroffen, oder?»

Maria antwortet nicht. Wir haben uns bisher noch nicht geküsst oder berührt. Es ist noch schlimmer als vor ein paar Tagen auf Haukes Hof, als sie unter Tobias' Choreographie tanzen musste.

Ich schaue mich um.

«Der Friedhof ist mehr was für Jade, oder?», sagt Maria.

Ich stimme ihr zu. Die Gräber besitzen eine besondere Macht über uns Lebende, die Maria und mir momentan nicht gerade hilfreich ist.

«Wie bist du hier?»

«Mit dem Polizeiwagen.»

«Ich habe ein paar fiese Beulen in den Mini gefahren.»

Es ist immerhin ihr Auto.

«Egal.»

«Komm, wir gehen ein Stück.»

«Die alte Strecke?»

Maria nickt.

Der Himmel bleibt starr und dunkelgrau. Nur eine leichte Brise bringt Bewegung in die Weite. Wir fahren stumm im Polizeiwagen die fünf Minuten von Süderende nach Dunsum und gehen dort über den Deich. Die Flut vor ein paar Tagen hat ihren Höchststand am Deichsaum mit einer Borte aus Schilf, Tang und Plastikflaschen markiert, dazwischen findet sich der eine oder andere tote Fisch. Etwa fünfzig Meter rechts von uns wurde ein lädierter Strandkorb angespült, der schief im Watt steht. Von gegenüber sendet der Leuchtturm von Hörnum regelmäßige Blinksignale.

Die riesige leere Fläche vor uns signalisiert vor allem eines: Aufatmen! Das Watt ist unser Pilgerweg, Maria und ich gehen oft hierher, auch im Winter. Nirgendwo sonst können wir allen Ärger so verlässlich auf Null stellen und alles hinter uns lassen: Die Gezeiten gab es vor uns und wird es auch nach uns geben, was jedes Problem auf ein angemessenes Maß relativiert.

Wir lassen unsere Schuhe am Deich stehen, ziehen die Hosen hoch und gehen los. Die perfekte Kleidung für dieses Wetter wären kurze Hose und Jacke, obwohl das wie ein Widerspruch klingt. Diese sehr spezielle Temperatur in Verbindung mit dem Wind gibt es nur hier. In den Sandriffeln des Meeresbodens sammeln sich kleine Pfützen, die sich bald vergrößern werden. Wir haben auflaufendes Wasser, zu spät dürfen wir nicht zurück. Wir befinden uns nicht im Biotop des Menschen, sondern in dem der Meerestiere: über dem Grund, auf dem wir gehen, schwimmen in ein paar Stunden wieder Fische.

Maria und ich gehen eine Weile stumm nebeneinander her.

«Grau», brumme ich.

«Das klart bald auf», kommt von Maria.

«Morgen soll ja schön werden.»

«Badewetter.»

Dann schweigen wir wieder.

Haben wir nichts Dringenderes zu besprechen als das Wetter? Ich finde es wichtig, über das Wetter zu reden. In keiner Mail und keinem Telefonat lasse ich es aus. Denn egal, was wir tun und denken, das Wetter steht immer über uns, in jedem Moment, Tag und Nacht. Doch bei dem Thema soll es natürlich nicht bleiben. Die Frage ist nur, wer fängt an? Wir halten weiter auf den Hörnumer Leuchtturm zu, er ist die höchste Erhebung weit und breit.

Nach mehreren hundert Metern räuspern wir uns beide synchron: «Also ...»

Maria und ich lächeln uns kurz an.

Dann werden wir gleichzeitig wieder ernst: «Ich ...!»

Wir müssen nun beide lachen, obwohl uns überhaupt nicht zum Lachen zumute ist: Bekommen wir das heute noch hin?

«Also was war mit Tobias?», beginne ich. «Wieso muss ich erst von Arne erfahren, dass du mit ihm zusammen warst?»

Maria schaut Richtung Horizont. «Es hat mich total überfordert, ihn wiederzusehen.»

«Weil du nicht wusstest, wohin du gehörst?»

«Unsinn. Aber da war noch so viel Wut über das, was gelaufen war. Das kam mir alles wieder hoch.»

«Und dann lässt du ihn meine Sachen anziehen? Um zu
sehen, wie er darin wirkt? Was war das für ein Spiel?»

Maria sieht so hilflos aus wie selten. «Das mit den Klamotten ist mir einfach so durchgerutscht, es war ein Reflex, er
hatte nasse Sachen, du hattest trockene Sachen, also dachte
ich …, es war unüberlegt.»

«Und was war da auf Haukes Hof zwischen euch?»

«Ich wusste einfach, wie ich ihn beruhigen kann, wenn er
Mist baut.»

«Ach, ja?»

«Tobias hat das vollkommen falsch verstanden und mich
danach total angebaggert. Da habe ich erst kapiert, dass
er den Fall nur meinetwegen an sich gerissen hat. Der hat
ernsthaft geglaubt, ich fange wieder etwas mit ihm an.»

«Und ohne mich, hättest du …?»

«Niemals! Der hat sie nicht mehr alle. Als ich ihm klar gemacht habe, wo der Hammer hängt, war er tief gekränkt.
Deswegen hat er mir jetzt den totalen Krieg erklärt.»

«Nicht gut für deine Versetzung.»

«Dass Oma da mit drin hängt, macht es nicht gerade besser. Aber noch ist das letzte Wort nicht gesprochen.»

«Ich hätte dir von Friederikes DVD erzählen sollen.»

Maria bleibt stehen und dreht sich zu mir hin. «Finde ich
nicht», sagt sie, «ich habe noch einmal darüber nachgedacht,
du hast es richtig gemacht.»

«Waas?»

«Ich war so viel freier. Sonst hätte ich bei den Ermittlungen immer nur krampfhaft darauf geachtet, dass Oma nicht
in die Schusslinie kommt. Gerade das hätte Oma viel eher
in Schwierigkeiten gebracht.»

«*Falls* sie schuldig ist.»

Maria schaut hinüber zur Nachbarinsel Sylt. «Das wird sich klären.»

Wir gehen ein paar Schritte schweigend in die Unendlichkeit, die direkt vor uns liegt.

«Ich dachte, wir werden zusammen in Nieblum so alt, dass wir den ganzen Tag nebeneinander im Wintergarten sitzen und die Vögel draußen beobachten», seufze ich.

Maria lacht. «Wohl kaum!»

«Wir werden nicht zusammen alt?»

Maria stemmt die Arme in die Hüften. «Doch, hoffentlich. Nur wirst du niemals Vögel beobachten. Dazu hast du gar nicht die Ruhe.»

«Aber du?», frage ich lächelnd.

Daraufhin fallen wir uns – endlich – in die Arme und küssen uns. Irgendwann verlieren wir auf dem rutschigen Grund die Balance und fallen in den Schlick, der ziemlich kühl ist. Wir können nicht genug voneinander bekommen. Wenige Grad mehr und unser Schlammcatchen wäre in hemmungslosen Versöhnungssex übergegangen.

«Ich bringe den Polizeiwagen zurück», schlägt Maria vor, als wir wieder zu Atem gekommen sind. Ihre Uniform ist als solche kaum noch zu erkennen. Meine Klamotten sehen auch schlimm aus.

«Wir werden die Sitze einsauen!», befürchte ich.

Was Maria freut: «Ich werde mich per Funk abmelden und sagen, dass ich vom Steg gefallen bin. Dann mache ich Feierabend.»

«Guter Plan», strahle ich.

Maria legt ihren Kopf an meine Schulter. «Oder hast du zufällig was anderes vor?»

«Was sollte das sein?»

Eigentlich treffen sich heute in Utersum die Seevögel mit den Knurrhähnen. Nach meinem Auftritt im «Museum Kunst der Westküste» habe ich vorgeschlagen, dass sich beide Chöre verabreden und über eine Zusammenarbeit verhandeln, was auf einer überschaubaren Insel wie Föhr sinnvoll wäre. Aber das bekommen die auch ohne mich hin.

Hand in Hand gehen wir zurück zum Festland, keiner sagt etwas. Alles wird gut, das wissen wir, und es braucht keine weiteren Worte.

Doch dann kommt ein Anruf auf Marias Diensthandy, der sie erstarren lässt.

«Ich soll sofort ins Revier kommen», sagt sie. «Es gibt eine neue Spur.»

«Sind die auf Oma gekommen?»

«Wir sollten es besser rauskriegen.»

Unsere Versöhnung endet anders als im Kino, geschenkt. Als wir in den Polizeiwagen springen, machen wir mit unseren schlickigen Klamotten die Sitze unbenutzbar für Marias Kollegen, aber was bleibt uns anderes übrig? Maria setzt mich im nahe gelegenen Utersum ab. Ich werde kurz bei den Seevögeln und den Knurrhähnen Moin sagen. Spätestens in einer Dreiviertelstunde wird mich Maria dort abholen. Sie verspricht, sich zu beeilen.

20. Leinen los im Taarephüs

Die Seevögel sind wetterfest und singen meistens auf dem Deich. Aber wir achten auch darauf, dass wir bei Tiefdrucklagen nicht die Grenze zum Masochismus überschreiten. In solchen Fällen üben wir im Taarephüs, norddeutsch Dorfhaus, einem prächtigen Friesenhaus in Utersum, in dem die Veranstaltungen der Gemeinde stattfinden. In den Raum unter dem Reetdach passen an die zweihundert Leute. Heute ist er leer, bis auf den langen Tisch vor der kleinen Bühne, an dem sich die beiden Chöre streng getrennt gegenübersitzen. Von den Seevögeln sind Karl vom Standesamt, die frisch blondierten Landfrauen Gerda und Annalena sowie Vogelwart Markus erschienen. Friederike fehlt, ich muss sie so bald wie möglich auf den neusten Stand bringen.

Auf der anderen Seite sitzen sämtliche Knurrhähne, Kapitän Petersen, Jens Jensen, Christian, Lükki, Brodersen, Holger Ketels und Fritz. Zwischen den Chören stehen Bierflaschen und eine wunderbare Friesentorte.

«Ich habe keine Lust, Lieder zu singen, die die Seeleute damals selbst schon doof fanden», meckert Gerda gerade, als ich hereinkomme. Ob es je zu einer Zusammenarbeit von Seevögeln und Knurrhähnen kommen wird, ist fraglich: unsere Frauen werden keine Shantys singen wollen, und die Shantyherren keinen Soul.

«Woher willst du denn wissen, dass die die doof fanden?», beschwert sich Lükki beleidigt.

«Woher willst du wissen, dass die die *nicht* doof fanden?», kontert Gerda, verschränkt die Arme vor ihrem Bauch und lehnt sich zurück.

«Was ist *dir* denn passiert, Sönke?», fragt Jens mit einem Blick auf meine verschlickte Kleidung, als ich mich auf den einzigen freien Platz an der Stirnseite des Tisches setze.

«Das Schönste, was einem Menschen passieren kann», hätte ich am liebsten geantwortet.

Aber das wäre zu intim gewesen und hätte Nachfragen provoziert.

«Afglitscht», brummle ich auf Plattdeutsch, *ausgerutscht.*

· Kann passieren, kennt jeder, damit ist das Thema durch.

«Und ich will nichts Schweinisches singen», versucht Lükki klarzustellen.

Allgemeine Heiterkeit bei den Seevögeln.

«Was sollte das sein?», erkundigt sich Annalena und muss dabei kichern.

Lükki bleibt ernst. «Na, sechs Moschiehn, oder wie das heißt.»

Sechs Moschiehn? Ah, *Sex Machine* von James Brown!

«Das singen wir gar nicht», beruhigt ihn Gerda, «und außerdem, die schweinischen Lieder habt ja wohl ihr im Repertoire!»

«Waas?», amüsiert sich Holger Ketels.

«What shall we do with the drunken sailor – das klingt doch eindeutig nach Liebe unter Matrosen ….»

Alle lachen laut los, außer Gerda. Sie hat es wohl ernst gemeint.

Wenn die beiden Chöre zusammenkämen, besäße das eine geradezu historische Dimension. Denn Föhr ist strikt geteilt in die Bereiche Stadt Wyk und Föhr-Land. In den verschiedenen Inselteilen werden sogar verschiedene Sprachen gesprochen, in Wyk ist es überwiegend Hochdeutsch, auf dem Land Friesisch und Platt, dazu kommt auch noch die dänische Minderheit. Ich konnte es nicht fassen, als ich auf die Insel zog:

Utersum ist so nah bei Wyk, für diese Strecke kann man in Hamburg ein Kurzfahrtticket lösen. Für die meisten Wyker allerdings, so lernte ich, ist eine Fahrt nach Hamburg naheliegender als die nach Utersum. Zuerst hielt ich das für Folklore, bis ich feststellte: die Leute reden nicht nur so, sie ziehen es durch!

Die Knurrhähne sind ein rein Wyker Chor, bis auf Bürgermeister Brodersen aus Nieblum. Die Seevögel wohnen alle in Föhr-Land. Und so wird das heutige Treffen auch behandelt: wie die Friedensverhandlungen zweier Großmächte.

Sollen sie machen. Für mich wird alles gut ausgehen, egal, wie *das* hier ausgeht. Ich schaue auf meine Uhr. Maria braucht eine Viertelstunde bis zum Revier, eine Viertelstunde für die Dienstabmeldung und eine Viertelstunde zurück. Genau so lange schaue ich mir das hier an. Und keine Minute länger.

Dann ergreift Kapitän Petersen das Wort. «Wir sollten nicht rumschnacken, sondern singen.»

Alle klopfen zustimmend mit Fäusten auf den Tisch.

«Aber was nur?», fragt Markus.

Kapitän Petersen schnaubt in ein Stofftaschentuch. «Wir haben zum Glück ein klares Bild voneinander.» Er grient in die Runde. «Wie wäre es denn, wenn ihr uns mal vorführt?»

Beide Parteien starren ihn erstaunt an.

«Wir sollen die Knurrhähne nachmachen? Kein Problem», sagt sich Gerda und schnallt sich Petersens Akkordeon über. Dann stellt sie sich zusammen mit Annalena breitbeinig wie ein Skipper auf die Bühne.

«Was bin ich denn hier schon?», ruft sie nölend in die Menge, «nix as 'ne stinkige Landratte!»

Die Übrigen entern die Bühne und haken sich mit den Armen ein. Ich bleibe bei den Knurrhähnen sitzen und schaue mir das Ganze an. Die anschließende Parodie von «La Paloma» geht in die Geschichte ein. Schlimmer wurden Shantysänger noch nie durch den Kakao gezogen.

Die Knurrhähne nehmen es sportlich mit anerkennendem Tischklopfen. Dann überlassen die Seevögel ihnen die Bühne.

Die Herren postieren sich mit durchgedrückten Rücken und feierlicher Miene auf der Bühne, wie man es für gesetzte Männer um die sechzig erwartet. Kapitän Petersen stellt sich als Dirigent vor die Truppe, schlägt vollkommen ernst eine Stimmgabel an. Dann verteilt er die Stimmen. Die Chorherren summen einen vierstimmigen Chorsatz ohne Text, der an schnulzige Volksmusik erinnert.

Ich muss an Maria denken. Wir werden gleich nach Haus fahren, wild übereinander herfallen und dann tagelang nicht mehr das Haus verlassen.

Ich scheine in der Zwischenzeit etwas nicht mitbekommen zu haben, jedenfalls wirbeln die Arme der Shantysänger plötzlich wild durcheinander, es wird gewippt und gerappt, was das Zeug hält, die Knurrhähne legen eine «Sex Machine»-Version hin, die zwischen peinlich und frech schwankt.

Riesenapplaus bei den Seevögeln.

Man spürt, dass die Herren nicht im Süden der USA aufgewachsen sind. Aber das macht den besonderen Charme ihres Auftritts aus. Danach singen alle zusammen am Tisch spontan das Feringlied, die Hymne der Insel Föhr, das kennen alle, Seevögel wie Knurrhähne.

Ich bleibe mit entrücktem Buddhalächeln in einer Ecke sitzen. Noch eine halbe Stunde, dann kommt Maria.

Christian schlägt vor, dass nun getrunken werden soll. Dem wird einstimmig stattgegeben.

Ich setze mich etwas abseits in eine Ecke des Taarephüses und halte Hof wie der alte Mafiapate im Film. Alle kommen zu mir, um sich einen Platz auf der Arche zu sichern. Lükki will mit einem Feuerwehrwagen an Bord, Christian will die Inselklinik animieren, kostenlose Nackenmassagen für gestresste Hamburger anzubieten, Hotelchef Ketels plant ein Buffet mit Räucherfisch. Brar von den Seevögeln hat sich eine abgeschlossene Kabine mit Liegen ausgedacht, auf denen man Wellen und Möwen hören kann.

Meine Arche sticht in See!

Dann kommt Maria herein. Endlich!

Aber nicht, wie erwartet, im Laufschritt, um mich nach Hause zu zerren, sondern langsam, wie eine Verletzte, die jeden Schritt ausloten muss. Ihre Augen signalisieren nichts Gutes.

Ich springe auf sie zu. «Was ist?»

Maria schaut mich an. «Tobias hat den Film mit Oma gesehen.»

«Wie bitte? Das ist doch nicht möglich! Das einzige Exemplar von der DVD haben wir.»

«Seine Leute haben sich Friederikes PC vorgenommen. Man kann Gelöschtes auf der Festplatte wieder sichtbar machen.»

«Mist!»

Wir gehen zusammen hinaus. Vor dem Taarephüs tuckert gerade ein Trecker vorbei, gefolgt von einer Schlange Touristenautos, die nicht überholen können. Wir lehnen uns nebeneinander an die Hauswand.

«Tobias meint, ich hätte das gewusst», sagt Maria.

«Au weia. Strafvereitelung im Amt, oder wie heißt das?»

«So ähnlich.»

Das ist das Ende. Maria wird Föhr verlassen müssen.

«Er fahndet auf der ganzen Insel nach Oma», sagt sie mit tonloser Stimme.

«Besser wir finden sie vor ihm.»

«Hast du eine Ahnung, wo sie steckt?», fragt Maria. «Zu Hause nimmt niemand das Telefon ab, und ans Handy geht sie auch nicht.»

«Was ist mit Jade?», fällt mir ein.

«Oma hat sie zu Momme geschickt», weiß Maria.

«Sie sollte doch bei ihr bleiben.»

Maria zuckt mit den Achseln: «Oma wollte ihrem Glück nicht entgegenstehen. Sie hat es nett gemeint.»

«Wir müssen Oma zur Fahndung ausschreiben», schlage ich vor.

Maria lacht kurz auf. «Darauf ist Tobias schon vor uns gekommen.»

«Dann müssen wir eben schneller sein!»

Ich nehme Maria bei der Hand und ziehe sie zurück ins Taarephüs. Dort wird man uns weiterhelfen.

Seevögel und Knurrhähne sind schon längst beim Trinken. Die Gruppen haben sich durchmischt, man diskutiert über Musik, Inselklatsch und die besten Live-Konzerte, die jede und jeder besucht hat.

«Ein Bier für Sönke und Maria», grölen einige, als wir hereinkommen, und fangen sofort an, gemeinsam zu singen: «La Paloma ohe, einmal muss es vorbei sein ...»

Ich schaue die vereinigten Chöre abwesend an und warte geduldig, bis sie den Refrain vollständig zu Ende gesungen haben. Danach öffnet Lükki zwei Biere und will sie mir und Maria wortlos in die Hand drücken.

«Jetzt nicht.»

Allgemeines Aufgeheule, so kennen sie mich gar nicht. «Sönke! Maria! Was ist?!»

Maria sagt gar nichts, sie ist vollkommen geknickt.

Ich hebe beschwichtigend die Hände. «Leute, ich brauche eure Hilfe. Der Typ vom Bundeskriminalamt denkt, Imke, also unsere Oma, hätte das Bild aus dem Museum gestohlen.»

Petersen lacht. «Das ist nicht sein Ernst.»

«Leider doch.»

Ich halte mein Handy hoch wie eine Waffe. «Helft ihr mir, Oma zu finden, bevor der das tut?»

Alle schalten blitzschnell um. «Logo.»

Ich bin der Partykiller, aber niemand beschwert sich.

«Wer was weiß, meldet sich bei mir», schlage ich vor.

«Geht klar.»

Sowohl Seevögel als auch Knurrhähne zücken ohne Verzögerung ihre Handys und telefonieren mit konzentrierten Gesichtern herum. Als säßen sie im Krisenstab der Bundesregierung und dies sei der geübte Ernstfall. Ich könnte sie küssen dafür. Spätestens jetzt bin ich ganz auf Föhr angekommen! Nun geht es nur noch darum, wer Oma früher findet, Tobias oder wir.

21. Geständnis

Friesen sind normalerweise genauso gesetzestreu wie der Rest der deutschen Bevölkerung. Aber in Krisenzeiten schimmert noch die alte Tradition des Auflehnens gegen die Obrigkeit durch. Das war vor Jahrhunderten im Kampf gegen die Dänen so, und das ist auch jetzt noch so. In solchen Momenten steht der friesische Wappenspruch «Leewer duad üs slaav» (Lieber tot als Sklave) noch über dem Grundgesetz.

Alle hören sich um, wer Oma gesehen haben könnte. Dieses Föhrer Inselnetzwerk kann Tobias nicht anzapfen, das könnte – mit Glück – unser kleiner Vorsprung sein.

Die W. D. R.-Kapitänskollegen von Petersen melden verstärkte Fahrzeugkontrollen durch Zivilbeamte im Hafenvorfeld. Oma kann die Insel also nicht verlassen haben. Dann hören Maria und ich von Holger, dass Tobias am Sandwall war und mit seiner Polizeisirene im schwarzen DienstBMW das Kurkonzert unterbrochen hat. Wie wir schon ahnten, war Oma nicht in ihrer Wohnung. Dass Tobias so bescheuert auffällig in Erscheinung tritt, kommt uns natürlich sehr zugute.

Blöderweise haben wir keinen Wagen. Ein Kollege hat Maria vorhin hier vorm Taarephüs abgesetzt, nachdem der zerbeulte Mini am Süderender Friedhof nicht mehr anspringen wollte. Fritz überlässt Maria und mir ohne viel Aufhebens seinen penibel gewienerten silbernen Golf. Wir sehen immer noch aus wie Sau, aber Fritz scheint das nicht im Geringsten zu stören. Maria und ich fahren zu Arne nach Utersum, weil der nicht ans Handy geht. Wir parken neben der Strandkorbhalle und rennen über die Düne. Am Strand lagern Feriengäste in Strandkörben und auf Handtüchern, sie lesen Bücher und Zeitungen, Kinder buddeln mit Schaufeln im hellen, weichen Sand, es riecht nach Sonnenöl und Nordseeluft. Arnes grüner Vermieter-Strandkorb ist abgeschlossen, er selbst ist nirgends zu sehen.

Als wir zum Parkplatz zurückeilen, kommt er gerade mit seinem bunt lackierten Bulli angefahren. Auf dem Dach befinden sich drei Surfbretter unterschiedlicher Größe, die er allerdings nur aus Statusgründen hin- und herfährt. Im Wasser könnte er wegen seiner angeschlagenen Bandscheibe nichts mehr damit anfangen.

«Wo ist Oma?», bedrängt Maria ihren Vater, noch bevor der ausgestiegen ist. «Die Polizei sucht sie.»

«Die Polizei sucht Mama?»

«Ja», bestätigt Maria ungeduldig.

Arne lacht, er will es einfach nicht glauben. Dann überlegt er. «Selbst wenn ich wüsste, wo sie steckt, würde ich es dir kaum sagen. Ich habe ja wohl auch ein Aussageverweigerungsrecht, als Angehöriger.»

«Papa, ich will sie vor der Polizei finden!»

«Du bist die Polizei!»

Maria sieht ihn an. «Es geht um Oma!», sagt sie leise.

Arne schaut sie ebenfalls erschrocken an. Diesen Tonfall

kennt er von seiner Tochter nur in höchsten Notlagen. «Und nun?»

«Wo ist Oma? Bitte!»

«Vorhin hat Tobias vor eurem Haus in Nieblum gehalten und ist in den Garten gelaufen. Das ist das einzige, was ich weiß.»

«Wann war das?»

Arne schaut auf seine wasserdichte Uhr. «Vor ungefähr zehn Minuten.»

«Dann wird er gleich hier sein», sage ich. «Los!»

Wir springen in unseren geliehenen Golf. Gerade, als wir losfahren, sehen wir hinter uns im Rückspiegel Tobias' dunklen BMW heranrauschen. Zum Glück hat er uns im silbernen Golf von Fritz nicht erkannt. Er steigt aus und eilt Richtung Strandkörbe. Das kostet Zeit, gut so!

Maria und ich fahren Richtung Dunsum zu Ockes Haus hinterm Deich. Da Ocke Omas Freund ist, könnte sie vielleicht hier untergekommen sein. Sein Taxi ist nicht zu sehen, das ist schon mal schlecht. Maria drückt den Klingelknopf. Nichts.

Wir rennen um das Gebäude herum und schauen durch jedes Fenster. Keiner da.

Dann klingelt mein Handy, und ich erfahre von Friederike, dass Tobias gerade das Museum «Kunst der Westküste» betreten hat. Oma hat dort eigentlich nichts zu suchen – das hoffe ich wenigstens. Aber für Tobias wird es eine Weile dauern, alle Räume zu durchsuchen.

Ich rufe vom Auto aus meine Tante Regina beim Optiker in Wyk an. «Moin, hier ist Sönke.»

«Ich bin gerade in einem Kundengespräch, kannst du später noch einmal –»

«Deine Mutter wird von der Polizei gesucht!»

«Wir haben Gleitsichtgläser in drei Qualitäten, wenn Sie mal schauen mögen –»

«Regina!»

«Es passt gerade nicht!»

«Weißt du, wo Oma steckt?»

«Nein.»

«Hast du mit ihr über das Heim geredet?»

«Ich muss jetzt auflegen.»

«Hast du?»

«Nur ganz allgemein.»

Also ja und ausführlich.

«Wann war das?»

«Vorhin.»

«Falls du Oma siehst, meldest du dich, ja?»

«Ich lege jetzt auf.»

Sie legt auf.

Maria macht einen U-Turn und rast auf das Gelände der Kurklinik in Utersum. Wir springen aus dem Golf und laufen durch den Kiefernwald. Es ist schattig hier, ich fröstele etwas, denn meine Klamotten sind immer noch klamm. Überall sind Wege für die Patienten angelegt, einige Trampelpfade führen direkt zu den Raucherplätzen am Wasser. Wir sind nicht sicher, ob Oma hier irgendwo ist, aber es könnte gut sein. Regina wird versucht haben, ihr die Vorteile des Heims klar zu machen, und wie ich Oma kenne, will sie sich selbst ein Bild machen.

Wir haben Glück.

Oma sitzt in Röhrenjeans und bauchfreiem rosa T-Shirt in der Sonne auf dem Steg, neben ihr Fräulein Rottenmeier. Die beiden lachen, gestikulieren mit großen Bewegungen in der Luft herum und haben sich offensichtlich viel zu erzählen.

«Oma!», rufe ich erleichtert.

Sie dreht sich um. «Sönke, Maria! Was macht ihr denn hier?»

Wir umarmen sie. Sie steht auf und deutet auf ihre Nachbarin: «Darf ich euch Frau Dr. Nissen vorstellen?»

Fräulein Rottenmeier macht Anstalten aufzustehen und reicht uns die Hand. «Moin.»

«Das sind meine Enkel Maria Riewerts und Sönke Naumann.»

«Bleiben Sie sitzen», bittet Maria die alte Dame. Wir hatten ja eigentlich schon mal das Vergnügen, aber ich will lieber keine Peinlichkeit provozieren, indem ich das erwähne.

«Frau Dr. Nissen war jahrzehntelang praktische Ärztin in Schobüll. Sie hat mir etwas gegen Krampfadern empfohlen.»

«Hast du Krampfadern?», staunt Maria.

«Nein, aber wenn, sollte man wissen, was zu tun ist.»

Frau Dr. Nissen nickt und lächelt freundlich: «Die Fähre kommt heute nicht mehr, extremes Niedrigwasser, die können gar nicht mehr anlegen.»

Sie steht auf und wünscht uns einen wunderschönen Tag. Wir schauen ihr hinterher.

«Dieser ganze Steg ist Verarsche», raunt uns Oma zu.

«Wir müssen reden, Oma.»

Oma springt auf. «Aber nicht hier. Hier bekomme ich Depressionen.»

«Lass uns an den Strand gehen», schlage ich vor. «Im Wasser redet es sich leichter.»

Obwohl die Sommersonne ihr Allerbestes gibt, ist kaum ein Tourist an diesem abgelegenen Strandabschnitt zu sehen. Maria und ich nehmen Oma in unsere Mitte, während wir mit den Füßen durchs flache, wohltemperierte Wasser streifen.

Ich überlasse Maria das Wort. Sie weiß besser, was jetzt ansteht.

«Oma, hast du das Bild geklaut?», fragt Maria ganz direkt.

Oma setzt eine empörte Miene auf.

«Ich sag's auch nicht weiter», verspricht Maria.

«Denkst du, dass deine eigene Großmutter eine Verbrecherin ist?», beschwert sich Oma.

Maria findet das gar nicht amüsant. «Es ist wichtig! Hast du, oder hast du nicht?»

Oma wirkt plötzlich ganz klein und verloren.

«Ich hab es doch schon Sönke erzählt», sagt sie mit weinerlicher Stimme. «Ich erinnere mich nicht mehr.»

Es tut mir richtig weh.

«Und Jade?»

«Jade ist ein ordentliches Mädchen.»

«Aber den Erpresserbrief hast du geschrieben, in dem du die alten Postleitzahlen zurückforderst.»

«Wie kommst du denn darauf?»

«Wer sonst sollte auf so eine Idee kommen?»

Oma überlegt lange, dann bleibt sie stehen. «Da könnte eventuell etwas Wahres dran sein.»

Sie schaut so kindlich-schuldbewusst, als sei sie beim Äpfelklauen erwischt worden.

«Oma, auf dem Brief waren Fingerabdrücke. Soll ich die mit deinen abgleichen lassen?»

«Das würdest du tun?»

Maria holt tief Luft.

«Ich bin doch gar nicht dein Problem, sondern der Kollege Winter vom BKA. Der will es ganz genau wissen.»

Oma lacht verlegen.

«Es ist kein Witz, Oma, wir wollen dir helfen», verspricht Maria.

Ich schaue einer Gruppe Sturmmöwen hinterher, die über uns hinweg Richtung offene See zieht.

«Schuldig!», sagt Oma plötzlich laut.

«Wie?», rufen Maria und ich gleichzeitig.

«Ich habe eine Vier gewürfelt», sagt Oma leise. Dann zeigt sie nach unten: «Guck mal, ein Krebs!»

Tatsächlich läuft ein kleiner Krebs an ihrem knallrot lackierten großen Zeh vorbei.

«Ihr habt also gewürfelt», fasst Maria geduldig zusammen. «Wer war denn dabei?»

«Ocke und Christa. Die ‹Vier› hieß bei uns nun mal: Schreibe einen Brief an die Polizei, in dem du die alten Postleitzahlen forderst. Es hätte genauso gut Christa oder Ocke treffen können.»

«Was waren die anderen Möglichkeiten?»

«Ein versautes Lied in der Kurmuschel singen, ein Graffito auf die Fähre sprühen, die guten Sachen habe ich vergessen.»

Maria zieht eine Augenbraue hoch: «Musste das sein?»

Oma versteht nicht: «Drei Möglichkeiten müssen wehtun!»

«Kann man nicht was anderes spielen?», stöhnt Maria, die vor wenigen Tagen noch selbst voller Lust bei uns mitgewürfelt hat.

«Komme ich deswegen in den Knast?», fragt Oma zaghaft und sucht den Blick ihrer Enkelin.

«Nur, wenn du das Bild gestohlen hast. Wir müssen das wissen, wenn wir uns bei der Polizei melden.»

«Bei der Polizei melden?», wehrt Oma ab. «Wieso sollten wir das tun?»

Sie ahnt nicht, was auf Föhr gerade alles an Polizeitechnik aufgeboten wird, um sie zu finden.

«Mensch, Oma, die suchen dich. Es ist besser, wenn du dich freiwillig stellst.»

Oma schaut unglücklich aufs Meer, auf dem ein schnelles Boot laut brummend hinüber nach Amrum zischt.

«Ich habe Angst», flüstert sie.

«Wovor?»

«Dass ich das Bild wirklich gestohlen habe.»

«Na wenn du das selbst nicht weißt, dann ist Jade die Einzige, die uns das sagen kann. Wo steckt die jetzt?»

22. Familie Riewerts im Aquarium

Spätestens jetzt, beim dritten Mal, wird es zum Ritual: Wieder einmal umrunde ich auf dem Grabfeld unserer Vorfahren die jahrhundertealte Kirche von St. Laurentii, diesmal zusammen mit Maria. Oma haben wir Wagen im gelassen, sie hat sich auf der Rückbank von Fritzens Golf so lang gemacht, wie es eben geht, und versucht etwas zu dösen.

Heute zeigt sich der Friedhof bei bestem Strandwetter, das hübscht den Tod wenigstens äußerlich deutlich auf. Maria und ich ziehen vorbei an dem Westindienfahrer Brar Riewerts, seiner Frau Antje und Matthias Petersen, dem Glücklichen. Die Grabsteine sind sommerlich-warm, es riecht leicht nach welken Schnittblumen, kein Besucher ist zu sehen, bis auf eine ältere Frau in Schwarz, die regungslos vor einem frischen Grab steht, auf dem noch die Trauerschleifen liegen.

Jade ist nicht hier. Jetzt wird es schwierig.

«Handy?», frage ich Maria.

Die schaut auf den alten Kirchturm mit der Mobilfunkstation, die dort angebracht ist.

«Ich habe ihr auf die Mailbox gesprochen, dass sie es ausschalten soll», sagt sie.

«Du meinst, die Polizei macht eine Handyortung?»

«Tobias hat keine andere Spur wegen der Bildersache. Wenn er Oma nicht findet, wird er sich an Jade halten.»

Ich schaue mich um.

«Wo könnte sie sonst sein?», überlegt Maria.

«Bei Hansen», fällt mir ein. «Die beiden mochten sich auf Anhieb. Haukes Sohn war auch Goth.»

Plötzlich raschelt es hinter dem Grabstein von Matthias, dem Glücklichen. Maria und ich zucken zusammen und eilen sofort hin. Und tatsächlich sitzt dort unsere Cousine Jade. Sie heult, was das Zeug hält, und lässt sich gar nicht beruhigen.

«Was ist denn los», frage ich und setze mich neben sie.

«Kann ich bei euch auf Föhr bleiben?»

Das kommt für Maria und mich total überraschend.

«Es ist ja, meine Eltern haben mich hierher geschickt, weil …»

Sie weint wieder los. Maria legt ihren Arm um sie.

«Ich weiß, du bekommst ein iPhone, wenn du vierzehn Tage bei uns durchhältst», erinnere ich mich.

«Ach, das Scheiß-iPhone», heult Jade. «Mama will nach Thailand zurückgehen. Und ich soll mit.»

«Was sagt Cord dazu?», frage ich. Ihr Vater wird das nie zulassen.

«Das verhandeln die in Frankfurt, während ich auf Föhr bin.» Sie schluchzt erneut.

«Und, was willst *du*?», fragt Maria.

«Hier bleiben.»

«Und wenn dein Vater mit nach Thailand käme?»

Cord besitzt ein Zahnlabor in der Nähe von Bangkok. Das wäre also durchaus möglich.

Jade schaut uns empört an. «Ich bin ein *Goth*. Das geht in

Thailand gar nicht. Außerdem habe ich hier Momme kennengelernt ...»

Sie lächelt plötzlich durch ihre Tränen hindurch. «Ich
würde mich auch um Oma kümmern.»

«Und deine Freunde in Frankfurt?», will Maria wissen.

Jade macht einen schiefen Mund. «Mit denen habe ich eh
Stress.»

Klingt alles nicht gut.

«Übrigens danke nochmal wegen der Verkupplung», be-
dankt sich Maria und streichelt Jades Hand. «Das war eine
großartige Idee.»

«Wie bist du eigentlich darauf gekommen?», frage ich.

Jade schaut erst Maria an, dann mich. «Ich habe ja im Museum ein bisschen mitbekommen, was Sache ist bei euch.
Da dachte ich, ein Date zu zweit könnte nicht schaden.» Sie
lächelt wieder.

«Wir mussten gar nichts mehr tun», bestätigt Maria, «hat
wunderbar geklappt.»

«Würde es gehen, dass ich hier bleibe?», erkundigt sich
Jade noch einmal. «Mein Großvater unterrichtet ja nicht
mehr auf der Schule, wo Papa war.»

Sie meint es vollkommen ernst. Leider muss Maria darauf
eine typische Erwachsenenantwort geben: «Das können nur
deine Eltern entscheiden, Jade.»

Das tröstet sie natürlich am Allerwenigsten.

«Also, wenn meine Arche in See sticht, bist du auf jeden
Fall dabei», verspreche ich.

«Ehrenwort?»

«Ehrenwort. Aber jetzt müssen wir erst einmal Oma bei-
stehen. Die wird von der Polizei gesucht – und du übrigens
auch.»

Jade wischt sich mit dem Handrücken die Tränen aus dem

Gesicht, weiße Schminke mischt sich mit schwarzer. «Wegen der Museumssache?»

«Ja.»

«Oma war es nicht.»

«Sicher?»

«Ja.»

«Warum hast du uns das nicht früher gesagt?»

«Es war total absurd!»

«Damit ist die Sache aber noch nicht ausgestanden», erklärt Maria. «Wir müssen verhindern, dass Tobias sie in die Mangel nimmt und sie für unzurechnungsfähig erklären lässt.»

Mit gesenkten Köpfen schleichen Jade, Maria, Oma und ich zum Eingang des Museums «Kunst der Westküste». Am Eingangstresen neben dem Postkartenständer sitzt wie immer meine liebste Schwellenhüterin, Friederike.

«Moin, Friederike», sagt Maria.

«Moin.»

«Könntest du die Polizei für uns anrufen?»

«Soll ich verhaftet werden?»

«Du? – Nein, es ist alles o. k., Friederike. Tut mir leid, was du mitmachen musstest.»

Friederike grinst. «Wer wird verhaftet?»

«Niemand», beruhigt Maria sie.

«Wir sind unschuldig», erklärt Jade.

«Lass einfach Herrn Winter ausrichten, dass die Riewerts-Familie hier im Museum ist und ihn erwartet. Dann wirst du in zehn bis fünfzehn Minuten sein Martinshorn hören.»

Und dann tauche ich mit meiner Familie unter Wasser. Wir bewegen uns wie in Zeitlupe und erkennen uns in dem dunklen blauen Licht kaum wieder, Maria, Jade und Oma scheinen zu schweben.

Jedenfalls kommt es mir so vor.

Das letzte Mal war ich in diesem Kinderbereich, als ich Maria und Tobias gesucht habe. Kein Raum, in dem ich vorher in meinem Leben war, ist so einheitlich blau, sogar die Fensterscheiben sind blau getönt und die Wand mit den Rohren für die Flaschenpost. Wir betreten nacheinander den großen Schrank an der Seite, um in den Spielbereich zu gelangen. Auf dem Grund des Aquariums liegen bequeme Säcke, die sich der Körperform anpassen. Auf denen macht es sich die Familie Riewerts bequem.

«Hierher haben Oma und ich uns gleich zu Anfang zurückgezogen», erklärt Jade. «Wir hatten uns immerhin drei Jahre nicht gesehen und wollten einfach quatschen, ohne die anderen zu stören. Das ging hier am besten.»

Jetzt kapiere ich auch, wie Oma und Jade unbemerkt von den anderen aus dem Malkurs verschwinden konnten.

«Wie konntet ihr bei diesem Licht überhaupt malen?», wundere ich mich.

«Schau dir das Strandkorb-Bild von Oma doch an. Es ist total blaustichig.»

«Ich finde es schön.»

«Und wie habt ihr von dem Raub erfahren?», will Maria wissen, «wenn ihr hier in diesem Raum wart?»

«Friederike kam rein und hat gesagt, wir sollten auf die Polizei warten. Dazu hatten wir aber keine Lust; wir sind lieber durchs Fenster abgehauen.»

Friederike hat auch nicht gewartet, sondern ist in ihr Haus gegangen. Dort hat sie Oma und Jade auf dem Film der Überwachungskamera erkannt. So weit alles klar. Nur wird Tobias nichts davon glauben, fürchte ich.

Maria fasst Oma an beiden Schultern. «Pass auf, Oma, wir sollten jetzt ganz exakt besprechen, wie wir vorgehen. Du musst genau wissen, was du sagst.»

«Ja?»

Maria atmet tief ein. «Du sagst am besten gar nichts, sondern verweigerst die Aussage.»

Dann hat Tobias keine Handhabe, um Omas Geisteszustand untersuchen zu lassen.

«Mache ich», antwortet Oma brav.

«Und du auch, Jade, keine Aussage!»

Maria bleibt skeptisch. «Die werden alles probieren, damit ihr was sagt, und sei es aus Höflichkeit.»

«Ja?», fragt Oma.

«Aber du sagst nichts.»

«Ja.»

«Wenn du etwas sagst, und das ist eine Falschaussage, machst du dich strafbar.»

Oma wird immer kleiner. «Ja.»

Ich zweifle, dass das funktionieren wird. Das halten gesunde, gerissene Menschen kaum durch. Und welche mit schlechtem Kurzzeit-Gedächtnis wie Oma schon gar nicht.

Als Tobias nach einer Viertelstunde zusammen mit Marias Chef Gerald Brockstedt den Raum betritt, trifft er auf eine dösende Familie Riewerts, deren Mitglieder es sich auf den blauen Säcken bequem gemacht haben. Tobias ist irritiert: Seine Verdächtigen hätte er wohl lieber nervöser gesehen.

Gerald grinst, in der dunkelblauen Uniform hebt er sich in diesem Licht kaum ab von der Umgebung. Mit seinen zwei Metern Länge wirkt er wie ein schattiger Riese im Regenwald, was seine dunklen Locken und der kurz geschnittene Bart noch verstärken.

«Was ist denn hier los?», staunt Tobias.

Er trägt immer noch *meinen* besten Anzug. Das geht ja wohl gar nicht, den hätte er längst zurückgeben müssen. Sein Haar ist frisch gegelt – soweit man das in diesem unwirklichen blauen Licht erkennen kann.

«Also, wie war das nun?», beginnt er.

Keiner sagt etwas. Jade hilft Oma hoch, die gut und gerne ein längeres Nickerchen gemacht hätte. Maria und ich bleiben einfach liegen.

Tobias kann unsere Antwort nicht abwarten, er prescht sofort voran und wendet sich an Oma: «Frau Riewerts, ich kann beweisen, dass Sie mit Ihrer Enkelin Jade Riewerts gegen dreizehn Uhr aus dem Fenster dieses Museums geklettert sind. Sie hatten ein Bild bei sich, ist das so weit richtig?»

«Ja», sagt Oma einfach.

«War es dieses?»

Tobias knallt eine DIN-A4-große Farbkopie auf den Boden. Maria, Jade und ich rücken näher, unter Umständen sehen wir da Oma in jungen Jahren. Auf dem Grund des Aquariums ist das Bild wegen des blauen Lichts nur undeutlich zu erkennen. Schemenhaft sehen wir ein Mädchen in Friesentracht unter einer Kastanie vor einem Reetdachhaus.

«Meine Frage lautet ganz einfach: Wissen Sie, wo sich das ‹Friesische Mädchen› gerade befindet?», schnarrt Tobias.

Gerald setzt sich auf einen freien Sack und macht es sich bequem.

«Tja», seufzt Oma, «wo ist sie hin? Sie ist doch gerade erst gemalt worden, und jetzt ist sie plötzlich 76. Ach, der nette Herr Engel ...»

Das war natürlich ein böser Fehler. Darauf wäre Tobias von alleine nie gekommen!

Der BKA-Fahnder kann sein Glück kaum fassen: «Heißt das ..., habe ich das richtig verstanden? Das friesische Mädchen sind Sie?»

Das ist natürlich ein sensationell-wichtiges Verdachtsmoment, das ihm die Verdächtige da frei Haus liefert. Oma wird es nicht schaffen, wenn sie sich schon am Anfang so um Kopf und Kragen redet.

Erst einmal muss sie ihre Lesebrille aus der Jackentasche fummeln und aufklappen.

Das dauert.

Tobias wippt mit den Beinen auf und ab.

«Mensch, Imke, Engel hat dich echt gemalt?», sagt Revierleiter Gerald anerkennend. «Dann bist du ja eine echte Berühmtheit.»

Oma zuckt mit den Achseln, nimmt die Kopie in die Hand und lächelt.

«Gibt es hier auch anderes Licht?», fragt Tobias.

Gerald richtet sich auf und drückt einen Schalter an der Wand. Nach und nach springen ein paar weiße Neonleuchten an, die sonst wohl nur für die Putzfrau angeschaltet werden.

Oma schaut lange auf das Bild, hält es weiter weg, rückt es wieder näher heran.

«Sind *Sie* das?»

Oma lächelt Tobias kokett ins Gesicht: «Was würden *Sie* denn sagen?»

«Wieso ich?»

«Es ist so lange her, und das Mädchen ist verfremdet. So

wie die haben wir damals alle ausgesehen. Mit Zöpfen und diesen Schürzenkleidern.»

«Aber es ist möglich, dass Sie es sind?»

«Und selbst wenn sie es wäre», weist ihn Maria zurecht. «Das beweist doch gar nichts.»

Tobias wendet sich wieder an Oma, die für ihn am leichtesten zu knacken scheint: «Frau Riewerts, Sie sind nicht vorbestraft, Sie beziehen eine gute Witwenpension, Ihre Wohnung am Sandwall ist längst abbezahlt, Sie haben ein Sparkonto, ein paar Aktien, ...»

So viel zum Datenschutz.

«... ich kann mir keinen Grund vorstellen, wieso Sie ein Bild stehlen und verkaufen sollten.»

«Genau!», bestätigt Maria.

Jetzt explodiert Tobias: «Ihr hängt doch alle mit drin. Dazu kommt dieser Erpressungsbrief mit den Postleitzahlen, so etwas Albernes denkt man sich nur mit fünfzehn aus, nicht wahr, Jade? Ich kann mir vorstellen, dass du das Ausmaß des Ganzen gar nicht überblickt hast, als ihr das Bild mitgenommen habt. Wer von euch wusste, dass während der Hängung immer der Alarm ausgeschaltet ist?»

Kollektives Schweigen der gesamten Familie Riewerts.

Nach einer sehr langen Weile steht Tobias auf: «O.k., es geht auch anders. Oma kommt mit raus, und ihr wartet hier.»

«Für Sie immer noch Frau Imke Riewerts», beschwert sich Oma.

Recht so!

Gerald verzieht genervt das Gesicht und geht mit Oma und Tobias hinaus.

«Meint ihr, Oma hält durch?», sorge ich mich.

«Bestimmt», sagt Jade und guckt grimmig.

«Die Fingerabdrücke auf dem Brief sind doch aber von Oma, oder?», frage ich Maria leise. «Das lässt'sich also wohl beweisen.»

«Es war gelogen», flüstert Maria. «Ich habe es nur behauptet, damit Oma endlich die Wahrheit sagt.»

«Dann sind da Abdrücke von Ocke und Christa drauf – auch nicht gut.»

«Nein, die haben aufgepasst. Da ist gar nichts drauf.»

Die Tür geht auf, und Oma kommt heraus und reckt triumphierend ihren Hals.

«Das ging aber schnell.»

«Ich habe ihm das Fenster gezeigt, wo wir ausgestiegen sind. Ansonsten habe ich die Aussage verweigert, wie Maria gesagt hat», nuschelt sie stolz, aber erschöpft. Sie setzt sich neben mich und ist blitzschnell an meiner Schulter eingedöst.

Die Tür geht auf, Tobias bittet mich hinaus. «Sönke, bitte!» Er sieht zerknirscht aus.

Mit diesem Blender war Maria also mal zusammen. Was hat sie bloß an dem gefunden? Es muss eine andere Zeit gewesen sein, damals hatten Maria und ich keinen Kontakt, keine Ahnung, wie sie drauf war. Und wenn ich ehrlich bin: auch ich kann auf eine wenig respektable Geschichte peinlicher Beziehungsirrtümer zurückschauen. Auf diesem Gebiet sind wir alle nur Amateure …

Außerhalb des Aquariums muss ich mich erst einmal an das helle Licht gewöhnen. Ich setze mich auf eine Bank vor einem riesigen Foto mit aufgewühlten Wellen. Plötzlich erscheinen vor dem Ozean die Köpfe des glatt gegelten Tobias und des wusellockigen Gerald. Sie haben sich zwei Stühle herangeholt und nehmen mir gegenüber Platz.

«Was reden die Insulaner denn so?», erkundigt sich Tobias.

Er hat Maria gewollt und nicht bekommen. Das kann er nicht akzeptieren. *Darum* geht es eigentlich.

«Wann bekomme ich meine Sachen wieder?», frage ich.

«Was für Sachen?», will Gerald wissen.

Tobias' Augen zucken einen Moment. Dass er die Kleidung eines verdächtigen Zeugen trägt, kann ihm nicht gefallen. In meinen Klamotten funktioniert sein Verhör schlecht, das merkt er in diesem Moment selbst.

«Wieso tragen Sie die Kleidung eines Zeugen?», blafft ihn Brockstedt an.

«Na und?», gibt Tobias kleinlaut zu.

«Er ist befangen», beschwere ich mich. «Der hat mich doch nur auf dem Kieker, weil Maria ihn hat abblitzen lassen.»

«Schön wär's», sagt Tobias und lacht. Er ist ein lausiger Schauspieler.

«Ich will jetzt nicht vor Herrn Brockstedt von den Stalking-Aktionen anfangen, die du bei Maria abgezogen hast.»

Tobias lacht erneut. Es hat ihn sichtlich getroffen, jetzt muss er sich massiv nach vorne bewegen.

«Also, eure Oma hat das Bild geklaut, weil sie meinte, es ist ihres. Maria hat Beweismittel unterschlagen und die Ermittlungen behindert. Was bedeutet, sie wird versetzt. Du bekommst ein Verfahren wegen Behinderung der Justiz, das endet mit mindestens einer Geldstrafe, Oma wird vor Gericht gestellt, und dann schauen wir erstmal, ob sie zurechnungsfähig ist.»

«Also, Herr Winter», mischt sich Brockstedt ein, «ob Frau Riewerts versetzt wird oder nicht, entscheiden andere als Sie! Maria ist Landesbeamtin und nicht beim BKA!»

So schnell gibt Tobias aber nicht auf. «Och, Herr Brockstedt, aber Dienstaufsichtsbeschwerden stellen darf ich auch als BKA-Mann, oder? Und dem muss nachgegangen werden, das wissen Sie so gut wie ich.»

Er geht um die Ecke und holt ein Bild mit einem Goldrahmen, das ich kenne: das Strandkorb-Bild, das Oma nach ihrem Traum im Museum gemalt hat.

«Imke Riewerts hat vermutlich den Rahmen vom ‹Friesischen Mädchen› gewechselt und ihr Werk reingestellt. Das werden wir untersuchen. Mein Angebot: Oma gibt die Sache zu und schleppt das Bild wieder ran. Eurer Großmutter kann doch gar nichts passieren, die schreibt jeder Amtsarzt haftunfähig. Und wenn sie kooperiert, kann Maria vielleicht auf Föhr bleiben.»

«Wie kommst du an das Bild?», frage ich empört.

«Es wurde mir zugespielt», sagt er, ohne mit der Wimper zu zucken.

«Quatsch, das stammt aus Omas Wohnung.»

Die nach dem Brand nicht abzuschließen war. Da er sonst keine Beweise hatte, konnte Tobias wohl nicht widerstehen und ist einfach hineingegangen. Eifersucht und Rachegelüste sind allerdings nicht gerade zielführend bei polizeilichen Ermittlungen, das hätte Herr BKA wissen müssen.

Gerald Brockstedt beendet das Verhör jedenfalls mit einer ziemlichen Wut im Bauch.

«Ich werde mich über Sie beschweren, Herr Winter», schnauzt er. «Ohne Durchsuchungsbeschluss war das illegal!»

Es scheint überstanden zu sein. Nun geht es für Tobias unverrichteter Dinge zurück an den Schreibtisch in Wiesbaden. Ich stehe auf.

«Komm, Tobias, wir gehen zusammen shoppen.»

Er starrt mich an, als ob ich geisteskrank geworden wäre. «Wie?»

«Ich will meine Sachen wiederhaben.»

«Ich finde, das ist ein annehmbarer Vorschlag», grunzt Brockstedt, ohne eine Miene zu verziehen.

Mein Anzug stand Tobias allerdings ganz gut. Eine Botschaft habe ich von ihm mitgenommen: Ich sollte wieder mehr Sport machen.

23. Wohin mit Oma?

Drei Wochen später.

Wenn man nach Föhr fährt, stellt man sich auch auf schlechtes Wetter ein, aber wenn das Mallorcaklima mal bis nach Nordfriesland reicht, beschweren sich trotzdem nur wenige. Es ist einer der heißesten Tage des Jahres, Augusthitze über dreißig Grad, kein Lüftchen regt sich. «Friesische Karibik» scheint nicht nur eine Werbeidee der Föhr-Touristik zu sein, sondern eine Verheißung, die sich gerade erfüllt. Alle sind im Wasser, und das Wasser ist fast zu warm. Das flache Wattenmeer wärmt sich in der Sonne unglaublich schnell auf.

Ich warte vor dem Polizeirevier beim Sportboothafen. Mein Herz schlägt so schnell wie das eines 100-Meter-Weltmeisterläufers, obwohl ich sitze und mich nicht bewege. Drinnen wird gerade Marias Fall verhandelt, ein Beamter aus dem Dezernat Interne Ermittlungen ist deswegen aus Kiel angereist. Die Frage ist, was Maria wann gewusst hat und ob sie Beweismittel unterschlagen hat. Es sieht nicht gut aus.

Natürlich haben Maria und ich den schlimmsten Fall der Fälle durchgespielt, es nützt ja nichts, sich etwas vorzumachen. Auch wenn Maria, wie zu befürchten ist, nach Norderstedt versetzt wird, werden wir nicht dort wohnen. Ich bin in Norderstedt aufgewachsen und will auf keinen Fall wieder dorthin zurück. Wir werden uns etwas in Hamburg suchen. Ich habe schon mal im Internet geschaut, was es so gibt. Unser kleines Häuschen in Nieblum werden wir an Feriengäste vermieten. Als Gast nach Föhr zurückzukommen, würde mir echt wehtun. Ich werde die Insel zukünftig wohl meiden müssen.

Die Tür des Polizeireviers öffnet sich, Maria schießt heraus und umarmt mich.

«Föhr, oder nicht Föhr?», frage ich bange.

«Föhr!», schreit sie und wiederholt es immer wieder: «Föhr! Föhr! Föhr!»

Auch ich brülle vor Freude so laut los, dass sich einige weit entfernt stehende Touristen erschrocken zu uns drehen. Maria und ich boxen in die Luft, küssen uns und schreien wieder.

«Erzähl!»

«Oma ist entlastet wegen des Museums.»

«Endgültig?»

«Na ja, eine kleine Blamage für Tobias ist es schon. Der Bilderdieb wurde heute Morgen in Stuttgart gefasst. Die haben das ‹Friesische Mädchen› in seiner Wohnung sichergestellt.»

«Und, wer war es?»

«Einer der Wachmänner, der die Hängung überwacht hat. Tobias hat eng mit ihm zusammengearbeitet, um den Fall zu lösen. Blamabler geht's nicht.»

«War das der, der behauptet hat, dass Friederike bei dem ‹Friesischen Mädchen› war?»

«Ganz genau.»

Maria und ich drücken uns, so doll wir können, Apfelshampoo und Amber sind wieder da, wo sie hingehören: in meiner Nase.

«Feiern wir das?», frage ich.

«Gerne, aber du weißt ja, wie das ist in der Familie Riewerts ...»

«Es kommt immer was dazwischen? Bitte nicht.»

«Wir müssen erst klären, was mit Oma wird.»

Tatsächlich, das können wir nicht mehr aufschieben. Ihr geht es nicht besonders, sie braucht uns jetzt.

Eine halbe Stunde später sitzen Maria, Arne, Regina und ich nebeneinander in Wyk am Hafenkai und lassen unsere nackten Füße ins Wasser baumeln.

«Wohin mit Oma?», fragt Regina in die Runde.

«Muss sie überhaupt *irgendwohin*?», frage ich leise. «Kann sie nicht doch zu Hause bleiben?»

Regina, Maria und Arne schweigen.

Wir haben uns einen Tag zuvor das Heim hinter dem leeren Steg in Utersum angeschaut. Fräulein Rottenmeier alias Frau Dr. Nissen hat mich, Arne, Regina und Maria herumgeführt. Die Pflegerinnen und Pfleger wirkten liebevoll und kompetent, alle Bewohnerinnen und Bewohner schienen sich wohl zu fühlen, insofern war nichts dagegen zu sagen.

Vorher müssten wir allerdings das Einverständnis von Oma bekommen. Oder sie für geschäftsunfähig erklären lassen. Aber das will keiner von uns. Trotzdem können wir uns vor einer Entscheidung nicht drücken, das sind wir ihr schuldig. Sowieso, und für alles Schöne, was wir mit ihr erlebt haben, ich an erster Stelle!

«Der erste Schritt muss sein, dass wir mit ihr reden», meint Maria. «Sie muss einsehen, dass sie Hilfe braucht.»

Arne stöhnt auf. «Ihr kennt sie doch. Das wird sie nie tun.

Lieber verdrängt sie ihren Zustand, bis die ganze Bude abbrennt.»

«Würde mir genauso gehen», vermute ich. «Wir müssen es trotzdem versuchen.»

Arne müsste längst wieder bei seinen Strandkörben sein. Zum Glück hat Jade ihren Urlaub auf Föhr verlängert und konnte heute in Utersum für ihn einspringen. Erstaunlicherweise ungeschminkt, aber bei der Hitze wäre das anders nicht möglich.

«Ich will nicht, dass Oma ins Heim kommt», sage ich. «Auch wenn es ein gutes ist.»

«Gut, dann wechseln wir uns alle ab, tageweise, wenn es sein muss», schlägt Regina vor. Eine echte Wende; bisher ist Regina immer vehement für die Heimlösung eingetreten.

«Ist das nicht zu viel Hektik für sie?», überlegt Arne. «Jeden Tag jemand Neues?»

«Hey, wir sind ihre Familie, uns kennt sie doch!», beruhige ich ihn.

Regina verteilt ein paar zusammengetackerte Din-A4-Seiten mit Excel-Tabellen. «Ich habe mal durchgespielt, wie es laufen könnte.»

Ich blättere den Plan durch. Sogar die Möglichkeit, dass einer von uns mal spontan nicht kann oder krank wird, ist einkalkuliert. Es sieht perfekt aus.

Maria, Arne und ich erklären uns einverstanden. Jetzt muss es nur noch Oma erfahren.

Schweigend trotten wir vom Hafen über den Sandwall zu ihrer Wohnung. Ich nehme Marias Hand. Gleich werde ich eine der bittersten Situationen erleben, die man sich im Leben einer Familie vorstellen kann. Die Straßencafés sind voll besetzt, die Stimmung unter den Feriengästen ist prächtig. Ausgerechnet Oma soll ihre Unabhängigkeit aufgeben, die ihre Freiheit in den letzten Jahren bis zum Anschlag ausgekostet hat.

In der Kurmuschel gegenüber von ihrer Wohnung spielt die ukrainische Band wieder «Ich war noch niemals in New York», Touristen sitzen in den Bänken davor, einige Kinder tanzen mit Eiswaffeln in der Hand. Heute rauscht das Lied an mir vorbei, ohne dass ein Ton hängenbleibt.

Die erste Überraschung erleben wir am Hauseingang: Es gibt kein Klingelschild mehr! Nichts Gutes ahnend, treten wir ins Treppenhaus.

Die Tür zu Omas Wohnung steht offen, vom Flur kommt Musik aus einem Radio, irgendetwas aus den aktuellen Charts, das gegen die Kurmusik anplärrt. Wir gehen hinein und geraten in Panik. Die Wohnung ist komplett ausgeräumt. Ein Maler ist dabei, die Tapeten abzureißen. Er ist höchstens zwanzig und hat sich auf die Unterarme wilde Phantasietiere mit spitzen Zähnen tätowieren lassen. Die Hitze macht ihm sichtlich zu schaffen, seine Stirn ist schweißnass.

«Was ist hier los?», frage ich ihn.

Der Maler dreht das Radio leiser.

«Neue Tapeten», nuschelt er.

«Wo ist Imke Riewerts?»

«Von einer Riewerts weiß ich nichts», sagt der Mann und schabt weiter mit seinem Spachtel an der verräucherten Raufaser.

«Sie ist die Besitzerin!», hakt Maria ungläubig nach.

«Da müssen Sie sich an meinen Auftraggeber wenden, ein Herr Dr. Dreesen aus Flensburg», erklärt der Maler. «Für den soll ich hier alles neu tapezieren.»

Und Oma?

«Wo kann sie nur sein?», überlegt Maria. «Etwa auf dem Festland?»

«Dann hätte sie uns Bescheid gesagt», ist sich Arne sicher.

Plötzlich kommt Dr. Behnke die Treppe hinauf, der Hausarzt von Oma, mit dem sie auch befreundet ist. Kugelrund und fröhlich wie immer.

«Da staunt ihr, was?», lacht er. «Mir hat sie auch kein Wort gesagt, ich bin nur durch Zufall drauf gekommen. Ihr glaubt nicht, was passiert ist.»

Wir starren ihn fragend an.

24. Ein Strandkorb für Oma

Mein Vater ist ein herzensguter Mann, der seit Jahrzehnten im Einwohnermeldeamt arbeitet und sich zu benehmen weiß (obwohl das Erste auch ohne das andere geht). Meine Mutter tritt gerne etwas zu aufdringlich auf, merkt aber durchaus, wenn sie zu weit gegangen ist (außer bei ihrem Sohn, aber das ist eine andere Geschichte).

Trotzdem, als meine Eltern mich damals in meiner WG besuchten, hatten sie keine Chance, *nicht* peinlich zu wirken. Ich war schon vorher hochgradig gestresst, weil ich unsere Dreckbude, in der vier Leute lebten, alleine aufklaren musste. Und das, obwohl ich keinen Küchendienst hatte, eigentlich war Lars dran, aber der war erst um sechs Uhr morgens nach Hause gekommen und schlief noch. Zum Glück gab es eine Kammer, in der einige Töpfe und Pfannen unabgewaschen zwischengelagert werden konnten, sonst hätte ich es bis zur Ankunft von Mama und Papa nie geschafft.

Dann rückten sie an. Eine halbe Stunde zu früh, wie immer, ich stand gerade unter der Dusche, als Maybritt grölte: «Sönke, deine Alten sind da.» Sie sagte wirklich «deine Alten», und meine Eltern hatten das mit Sicherheit gehört. Es würde einiges an Energie kosten, sie davon zu überzeugen, das Maybritt ihre positiven Seiten besaß, zu denen allein

Einfühlungsvermögen und Höflichkeit nicht zählten. Dafür konnte man mit ihr bis zum Morgengrauen feiern und herumalbern, sie war immer der letzte Gast.

Leider würde auch *das* meine Eltern kaum beeindrucken.

Eltern können bei WG-Besuchen grob gesagt zwischen zwei Strategien wählen: entweder sich ranschmeißen an die Jugend oder förmlich bleiben. Wobei eigentlich nur die letztere wirklich funktioniert, weil jede Seite da wie auf Schienen fährt und sich niemand anstrengen muss, sein Bild vom Gegenüber in Frage zu stellen.

Meine Eltern machten alles falsch. Papa trug eine ausgeleierte Jeans, ein verwaschenes T-Shirt und eine Baseball-Cap vom «1. FC St. Pauli», obwohl er in Wirklichkeit Fan von Mönchengladbach ist. Er erzählte lahme politische Witze, was er sonst nie tut, und gab sich als Jugendversteher. Meine Mutter hingegen spielte die spröde Vorstadtzicke im Kostüm, nah an der Grenze zur Parodie, und fragte alle, was sie beruflich planten. Auch die unmögliche Tussi, die Lars letzte Nacht abgeschleppt hatte und die gegen drei halbnackt zu uns an die Kaffeetafel stieß.

Das Echo hinterher war niederschmetternd für mich: meine Mitbewohner fanden meine Eltern viel sympathischer und toleranter als ihre eigenen. Ich war fassungslos.

In der WG, zu der ich unterwegs bin, übernehme ich praktisch die Rolle meiner Eltern, und das ist vollkommen neu für mich.

Denn Oma ist in eine Alten-WG gezogen.

Ohne uns zu fragen. Warum auch?

Sie wohnt in Dunsum gleich im ersten Haus hinterm Deich. Ocke hat Oma und ihre jüngere Freundin Christa bei sich einziehen lassen. Vier Räume waren für ihn alleine schon lange zu viel. Der Vorteil für Oma ist, dass alle Zimmer auf einer Ebene liegen und Christa und Ocke Oma helfen, falls sie etwas nicht kann.

Oma schießt sofort aus der Tür, als ich mit dem zerbeulten Mini vorfahre. Hier hinterm Deich ist heute starker Wind, die Wolken wandern hektisch über den Himmel. Nur für kurze Momente blitzt die Sonne dazwischen hervor wie ein genervter Elternteil, der nichts ausrichten kann.

Oma und ich liegen uns in den Armen; wir drücken uns wie immer.

«Sönke, mein Lieber!»

«Mensch, Oma, was ist das?», begrüße ich sie. «Ziehst einfach um? Ohne ein Wort zu sagen?»

Ein triumphierendes Grinsen huscht über ihr Gesicht: «Bevor ihr mich ins Heim steckt ...»

«Wer redet denn davon?»

Sie blinzelt mich vielsagend an. «Es sieht alles ziemlich durcheinander aus, wir sind noch am Einräumen.»

So, wie ich Oma kenne, wird sich an dieser Unordnung auch danach nicht viel ändern.

Sie zeigt mir ihr Zimmer, das nach Südwesten hinausgeht, sodass sie nachmittags und abends Sonne hat. Das rauchgeschwärzte Elefantenbild hängt über ihrem Bett, der alte Schreibsekretär ist da, ein neuer Kleiderschrank, die Couch. Das Zimmer wirkt hell und freundlich, außerdem geht es von ihrem Zimmer direkt auf eine riesige Terrasse.

«Und? Wie fühlt es sich an?»

«Schwierig», klagt Oma. «Ocke und Christa sind viel ordentlicher als ich.»

Ihr Enkel hat zum Glück einige Jahre WG-Erfahrung voraus.

«Es ist egal, wie ordentlich alle sind, irgendjemand ist immer *noch* ordentlicher», weiß ich. «Einer muss in einer WG den Unordentlichen spielen, sonst gerät alles aus der Balance. Das ist eine Art Naturgesetz.»

«Muss man wirklich jedes Mal die Kacheln trockenwischen, wenn man geduscht hat?», erkundigt sich Oma.

«Oder müssen alle benutzten Teller sofort im Geschirrspüler verschwinden?», ergänze ich aus leidvoller Erinnerung.

«Wir haben keinen Geschirrspüler», klagt Oma leise.

Ich starre sie entsetzt an: «Das geht gar nicht! Ich schenke dir einen.»

«Das muss ich erst mit den anderen besprechen.»

«Was sollten die dagegen haben?»

Klar, der Geschirrspüler wird ein Punkt beim wöchentlichen WG-Gespräch. Arme Oma, hoffentlich ziehen die anderen mit!

«Keine Ahnung, wir stehen ja erst am Anfang. Komm, ich mache uns einen Tee.»

Wie in jeder anderen WG sitzt immer jemand in der Küche. Hier ist es Taxi-Ocke in seinem obligatorischen Fischerhemd, der Tee trinkt und sich am dichten weißen Bart krault.

«Moin, Ocke.»

«Moin, Sönke.»

«Hü gungt et?»

«Gud, an hü gungt et di?»

«Jo. – Tee?»

«Gern.»

Ich setze mich an den Tisch.

Oma entschuldigt sich: «Ich verschwinde kurz im Bad.»

Ocke holt eine Tasse mit einer Diddl-Maus und gießt mir

Tee ein. Anschließend schaut er schwermütig in seine Tasse. «Sag, mal Sönke, kannst du mal mit den Weibern reden?», bittet er.

«Worüber?»

«Ich habe keine Lust, für alle zu kochen, das geht nicht. Christa isst fast nur Rohkost, und Imke ist mehr der Restaurant-Typ, selber Kochen ist bei beiden mau.»

«Dann lass sie doch.»

«Würde ich ja. Aber *wenn* ich koche, essen sie immer mit. Das sehe ich nicht ein!»

Die WG lebt erst zwei Tage zusammen. Das wird noch spannend!

Christa kommt herein. Eine Frau Ende fünfzig, sie sieht wunderbar aus, braun gebrannt und voller Energie, eine lebenslustige, schöne Frau. Christa umarmt mich und gibt mir einen Kuss auf jede Wange.

«Moin, Sönke.»

Ocke schaut verzweifelt zur Decke.

Nach unserer herzlichen Begrüßung wendet sie sich an Ocke: «Ich bin hier nicht die Putzfrau für alle!»

Hinter mir höre ich Omas Stimme vom Badezimmer her: «Christa hört viel zu laut Entspannungsmusik! Ich hasse Entspannungsmusik, die macht mich ganz kribbelig.»

Alles nicht viel anders als bei ihrem Enkel in Hamburg damals.

Wir sollten in der Familie zusammenlegen und den dreien eine Geschirrspülmaschine und eine Putzfrau besorgen, notfalls auch bezahlen. Das schafft zwar keinen Frieden, aber vielleicht eine Art Waffenstillstand. Oma kann ja auch wirklich nicht mehr putzen, ihr Rücken macht das nicht mehr mit.

Oma kommt mit Jacke und kurzen Hosen aus dem Bad

zurück in die Küche. Ihre nackten Beine sind wie immer braun gebrannt.

«Komm, du kennst meinen Lieblingsplatz noch nicht, Sönke.»

«O.k.»

Ich trinke schnell den Tee aus, und wir gehen zusammen hinaus.

Der Seedeich ist nur wenige Meter entfernt. Oma hakt sich bei mir ein, als wir uns langsam, Schritt für Schritt, zur Deichkrone hochkämpfen. So fit wie früher ist sie wirklich nicht mehr.

Es ist gerade Ebbe, und die Wolken spielen Fangen vor der Sonne, hektische Schatten huschen übers Land und über das Wasser. Oma steuert auf den weißen Strandkorb zu, der ungefähr fünfzig Meter rechts schief im Watt steht.

«Vom letzten Sturm aus Utersum angespült», freut sich Oma. «Ein Traum, oder?»

«Könnte der nicht sogar Arne gehören?», spekuliere ich.

«Hier steht er jedenfalls richtig», findet Oma.

«Hat es noch keinen Ärger deswegen gegeben?»

«Na ja, Vogelwart Markus war hier und hat was von Nationalpark Wattenmeer und Weltkulturerbe gefaselt. Ich habe einfach mit meiner Signalpistole grob in seine Richtung geschossen, da war er weg.»

«Du hast *was*? Wo hast du die her?»

«Hat Ocke mir gegeben, zur Sicherheit, falls ich mal im Strandkorb einschlafe und die Flut kommt.»

Wie damals vermutlich meine Eltern in meiner Studenten-WG frage ich mich: Ob das alles so richtig ist? Was soll aus Oma in dieser WG werden? Ist das der richtige Einfluss für sie?

Innen ist der Strandkorb mit breit weiß-blau gestreiftem Stoff ausgeschlagen. Oma setzt sich hinein, und ich setze mich daneben. Ich muss schon zugeben, es hat was. Hier draußen ist es noch schöner als am Strand.

Außerdem hat es etwas von Straßenboulevard, wenn die Touristenmassen bei Ebbe von Wattführern direkt an Omas Strandkorb vorbei nach Amrum geführt werden.

«Meinst du nicht, Markus kommt wieder und transportiert den ab?»

«Bitte rede mit ihm, ja? Ihr singt doch zusammen im Chor. Der Strandkorb hier draußen ist mein Traum.»

«Ich werde es versuchen.»

Wie ich Markus kenne, würde der sich eher einer Geschlechtsumwandlung unterziehen, als diesen Strandkorb zu übersehen. Probieren werde ich es trotzdem.

«Vielleicht brüten hier ja seltene Vögel im Schatten des Korbs, die unter Artenschutz stehen», überlegt Oma.

«Um diese Zeit?»

Sie fuchtelt aufgeregt mit den Händen in der Luft herum.

«Das ist ja das Tragische! Die sind eben schon ein bisschen tüddelig. Deswegen müssen wir sie ja schützen.»

Wenigstens hat sie ihren Humor nicht verloren.

«Weißt du, Sönke, der soll sich nicht so haben. Ökologisch gesehen läuft auf Föhr seit Jahrhunderten sowieso alles schief», sagt sie.

«Findest du?»

«Jeder baut sich auf der Insel ein Haus, was einzeln mit Strom, Abwasser und allem erschlossen werden muss. Dazu kommt noch Heizung und so weiter. Die meisten Menschen denken, Grasdächer seien ökologisch. Aber mit oder ohne Grasdach, Einfamilienhäuser sind eine riesige Flächenverschwendung.»

«Was wäre dein Vorschlag?»

«Ein Hochhaus für die ganze Insel, vielleicht zwei. Man konzentriert alles auf einem Fleck, mit Zentralheizung, Geschäften, allem, was man braucht. Das würde nur ein Minimum an Grundfläche verbrauchen. Und der Rest der Insel bleibt reine Natur. *Dafür* sollten sich die Naturschützer engagieren. Alles andere ist Romantik und keine Ökologie.»

Ich lache kurz auf.

«Erzähl mal den Insulanern und auch den Touristen, dass sie ihre Reetdachhäuser abreißen und alle in ein Hochhaus ziehen sollen.»

«In Dubai machen die das, ohne mit der Wimper zu zucken. Wär doch toll. Von ganz oben würdest du über alle nordfriesischen Inseln hinweg, fast bis Amerika, gucken.» Sie denkt kurz nach. «Vielleicht könnte man Reetdächer auf die Hochhäuser setzen, um die Akzeptanz zu erhöhen.»

Ich schaue Oma fröhlich an: «Bestimmt.»

«Du findest das irre, oder?»

Ich hebe abwehrend die Arme. «Nein, nein.»

«Du machst mir nichts vor, Sönke, mein Lieber: du findest das irre.»

«Es ist irre!»

Mit Oma kann ich so reden.

Sie verzieht gespielt beleidigt das Gesicht: «Aber vom rein ökologischen Standpunkt aus habe ich recht.»

«Sicher.»

Christa, ihre beste Freundin, ist nun ganz offiziell ihre Pflegerin. Oma wird nicht alleine sein, es kann ihr nichts passieren, ihr Hausarzt und Freund Dr. Behnke wird regelmäßig zu Hausbesuchen kommen, abgesehen davon, dass Arne, Regina und ich sie so oft wie möglich besuchen werden.

«Meinst du, wir können einfach so da sitzen wie früher?», fragt Oma, «und nebeneinander lesen?»

Ein heftiger Windstoß fegt in den Strandkorb.

«Aber ja», lächle ich.

Mit Oma habe ich in unzähligen Cafés gesessen und einfach eine Zeitschrift nach der anderen gelesen. Wenn jemand etwas Bemerkenswertes fand, hat er oder sie es vorgelesen, dann waren wir wieder still. Das kann ich außer mit Oma nur mit Maria.

Sie fischt einen alten «Spiegel» für mich aus der Fußbank. «Ich möchte nicht lesen, das ist mir zu anstrengend. Aber lies du bitte.»

«Soll ich dir vorlesen?»

«Nein, ich bin zu müde.»

Als ich die Zeitschrift in die Hand nehme, heulen wir beide sofort los. Ich nehme Oma in den Arm, wir halten uns aneinander fest. Erst als die Nordsee an unseren Füßen leckt, können wir aufhören.

Gegen die Flut kann niemand etwas machen.

25. Land in Sicht

Ein Vierteljahr später schiebt sich die «Uthlande» langsam zur Elbmündung und nimmt Kurs zurück auf Föhr. Es ist absolut windstill, die W. D. R.-Autofähre erhebt sich über die Meeresoberfläche wie eine stolze Arche, die weißen Aufbauten leuchten in der Wintersonne, die im November besonders kostbar ist.

Unter uns im Salon laufen DVD-Aufnahmen der letzten Tage über die Leinwand. Die Insulaner sitzen davor und trinken «Föhrer Manhattans» auf die letzten Tage. Die Zeit an den Hamburger Landungsbrücken war für uns alle großes Kino.

Lükki war der Held aller Kinder, die sich in den Feuerwehrwagen setzen durften, die Inselklinik bot kostenlose Nackenmassagen an, Hauke residierte auf der schönsten seiner Kutschen, und Brar von den Seevögeln hatte eine Kabine mit Liegen eingerichtet, auf denen man Wellen und Möwen hören konnte. Arne hatte eine Bar mit Strandkörben aufgebaut, in der seine Schwester Regina und ihr Mann Holger servierten, Oma half spülen.

Nicht zuletzt bekochte Hotelchef Holger Ketels die Gäste aufs Allerfeinste. Die Ausstellung von Meeresbildern des Museums «Kunst der Westküste» war ein Riesenerfolg, inklusive des «Friesischen Mädchens» von 1940. Unsere Aktion wurde ausführlich in allen Hamburger und vielen überregionalen Zeitungen besprochen, das Fernsehen war da und hat ausführlich berichtet.

Mit anderen Worten: Föhr war Tagesthema in der Hansestadt.

Jade war mit ihrem Vater Cord aus Frankfurt angereist und tanzte in der Volkstanzgruppe mit. Wie die alten friesischen Tänze gehen, hat ihr Vater ihr in Frankfurt beigebracht, er kannte sie noch aus seiner Kindheit, Jade machte das hervorragend.

Das funktionierte letztlich nur, weil man sich zu Hause geeinigt hatte: Jade darf in Frankfurt bleiben, sie wird ihre Mutter in den Ferien in Thailand besuchen und lernt dafür fleißig Thai. Deutsch, Friesisch und Thai: Es gibt nicht viele Menschen, die diese drei Sprachen auf einmal beherrschen.

Viele alte Freunde von früher kamen vorbei, die Maria zum Teil noch gar nicht kannten. Nur meine Eltern konnten nicht, weil sie ausgerechnet in dieser Zeit im Urlaub waren.

Ein Highlight des Videofilms ist die Premiere der Show, die die Seevögel zusammen mit den Knurrhähnen aufgeführt haben. Zuerst begann ein konventionelles Konzert mit Shantys, denn folgte Soul, und dann wurden die Rollen getauscht: Die Knurrhähne versuchten sich am Soul, die Seevögel antworteten mit veralberten Shantys. Der Streit steigerte sich und endete damit, dass man sich Takt für Takt musikalisch «bekämpfte». Unser Konzert war beim Hamburger Publikum ein Riesenerfolg, wir mussten vier Zugaben geben, und ein zufällig anwesender Veranstalter wollte uns vom Fleck weg für die nächste «Kieler Woche» buchen.

Viel geschlafen hat keiner.

Früher hatten die Seeleute in Hamburg noch richtig Zeit für ausgedehnte Landgänge. Heute liegen sie nur noch zwanzig Stunden im Hafen und fahren dann weiter. Wir Insulaner hingegen hatten drei Tage Zeit, abends durch Hamburg zu ziehen. Und das haben wir so ausgiebig genutzt, dass wir alle dringend eine Kur gebrauchen könnten. Insofern liegen wir mit dem Kurs auf Föhr ganz richtig. Wo sich Zigtausende Touristen entspannen, sollte uns das auch gelingen.

Maria und ich stehen in Pullover und Jacken eingemummelt an Deck. Auf der Backbordseite ist der Turm der Insel Neuwerk zu erkennen, Kapitän Petersen bringt die «Uthlande» mit einer sanften Drehung auf nördlichen Kurs.

Ich schaue Maria an. Die Novembersonne spiegelt sich in ihrer Iris. Ich habe den größten Kloß im Hals, den ich je hatte.

Wie sage ich das, was ich sagen will, ohne zu kitschig oder zu cool zu wirken? Mir fehlt komplett die Sprache dafür.

«Mmh», murmele ich und schweige wieder. Es kommt einfach nicht raus.

Maria fragt seltsamerweise gar nicht nach, was ich sagen wollte.

Dann passiert ein Wunder.

«Ob ich dich heiraten würde?», fragt sie mich. Nur Frauen besitzen diese Intuition.

«Ja», sage ich mit belegten Stimmbändern.

«Dann aber sofort», schlägt sie vor, und dann liegen wir uns in den Armen.

Kapitän Petersen und sein Steuermann schauen uns abweisend an, als wir die Brücke betreten. Fachfremde Personen sehen sie hier ungerne.

«Petersen, du bist doch Kapitän, kannst du uns trauen?», frage ich ganz direkt.

«Würde ich gerne tun», freut er sich und lächelt entschuldigend, «aber das gilt dann nicht. Wir müssten außerhalb der Zwölf-Meilen-Zone sein.»

«Und nun?»

«Karl ist doch Standesbeamter», erinnert er mich.

Petersen stoppt augenblicklich die Maschine und lässt den Anker werfen.

«Alle Insulaner aufs Autodeck», ruft er über Bordlautsprecher, seine Stimme hallt übers Wasser.

Dann geleitet er uns aufs Autodeck, wo immer noch die große Bühne steht. Alles strömt verwirrt aus dem Salon nach unten. Hier parken immer noch Haukes Kutschen, überall hängen große Fotos von Seeigeln und Föhrer Sonnenuntergängen.

Petersen flüstert dem dünnen Karl etwas ins Ohr. Der hat schon einige Manhattans hinter sich, aber es scheint noch zu gehen.

Oma wieselt auf uns zu: «Was ist los?»

«Oma, würdest du uns auf die Bühne begleiten?», bittet Maria.

Oma schaut uns einen Moment fragend an, dann versteht sie ohne weitere Worte. Frauen!

Eine einzelne Glücksträne perlt an ihrer Wange herunter, als sie uns in den Arm nimmt.

Das wird jetzt hart für mich, denn auch ich habe nahe am Wasser gebaut. Ich werde mich an Maria halten, die ist gefasster als ich, das weiß ich. Ich bestehe darauf, dass Jade als zweite Trauzeugin mitkommt, obwohl sie noch keine achtzehn ist.

Zu viert stehen wir auf der großen Bühne. Der dünne Karl

hebt seine Stimme Richtung Insulanerinnen und Insulaner: «Maria und Sönke wollen heiraten.»

Riesen-Hurra bei allen.

«Bitte, mach's kurz», flüstere ich ihm zu.

«Was soll ich sagen? Ihr passt zusammen.»

Erneuter Beifall. Noch bin ich tapfer.

«Ich frage dich, Maria Riewerts, willst du Sönke Naumann zu deinem Mann nehmen?»

Maria sagt nichts. Sie kann gar nichts sagen.

Meiner sonst so starken Liebsten rollen die Tränen in Bächen herunter.

Ganz leise kommt: «Ja.»

«Du auch, Sönke?», fragt Karl kurz.

«Jo!»

«Dann seid ihr jetzt verheiratet!»

Ich küsse Maria, die es richtig schüttelt.

Die anschließenden Jubelschreie kann man bis hinter Helgoland hören. Auf dem Autodeck wird die Bar wieder eröffnet, Seevögel und Knurrhähne singen zusammen «When a man loves a Woman» und «Somewhere over the rainbow».

Danach wird die Anlage angeschmissen, und wir tanzen und trinken, bis wir nicht mehr können. Kapitän Petersen fährt extra langsam, damit wir nicht so schnell ankommen.

Maria und ich lassen uns nicht mehr los.

Dank

Mein Dank gilt allen von der Insel Föhr und vom Festland, die mich bei der Arbeit an diesem Roman unterstützt haben, insbesondere meiner Frau Bente, Karen und Jürgen Schmidt, Hark Rickmers, Dr. Thorsten Sadowsky und Lucas Haberkorn vom Museum Kunst der Westküste in Alkersum (die beide allerdings nicht ahnten, dass ich ihnen ein Bild stehlen wollte).

Vorbild für Sönkes «Arche» waren die «Föhr-Amrumer Kulturtage» 2003 und 2005, organisiert von Wolfgang Peters und Lars Schmidt, die tatsächlich jeweils eine W. D. R.-Fähre voll mit Ständen zu den Hamburger Landungsbrücken gebracht haben.

Die in diesem Buch dargestellten Personen und Ereignisse sind frei erfunden. Ähnlichkeiten sind zufällig und nicht beabsichtigt.

Natasha Solomons

Wie Mr. Rosenblum in England sein Glück fand

Kindler 978-3-463-40578-0

Buttered Toast & English Tea

Als Jack Rosenblum 1937 von Bord geht, fasst er einen Entschluss: Als deutscher Jude, der aus Berlin fliehen konnte, möchte er so schnell wie möglich ein echter Engländer werden. Bei der Überfahrt wurde ihm eine Broschüre ausgehändigt, die darüber informiert, wie man sich in das englische Leben einfügt. Eine Liste, die er im Lauf der Jahre um eigene Punkte ergänzt. Fünfzehn Jahre später hat er viel erreicht. Er besitzt einen maßgeschneiderten Anzug aus der Savile Row und einen Jaguar. Aber ein Punkt ist noch nicht abgehakt: Er ist noch nicht Mitglied in einem englischen Golfclub. Und da ihn in London kein Club aufnehmen will, beschließt er selbst einen Golfplatz zu bauen.

Plötzlich Shakespeare

Wenn Mann und Frau sich das Leben teilen, ist das ja schon schwierig. Aber wenn Mann und Frau sich auch noch ein und denselben Körper teilen müssen, ist das Chaos perfekt! Rosa wird in ein früheres Leben versetzt, in den Körper William Shakespeares. Und so entwickelt sich die merkwürdigste Lovestory der Welt. rororo 24812

«David Safier, seit Mieses Karma spezialisiert auf Identitätsverwirrungen, inszeniert historisch herrlich unkorrekten Klamauk.» Focus
David Safier bei rororo

Jesus liebt mich

Marie hat das Talent, sich ständig in die falschen Männer zu verlieben. Kurz nachdem auch noch ihre Hochzeit platzt, lernt sie einen Zimmermann kennen. Dummerweise erklärt er beim ersten Rendezvous, er sei Jesus. Hat sie sich diesmal in den falschesten aller Männer verliebt? rororo 24811

Mieses Karma

Nichts hat sich Moderatorin Kim mehr gewünscht als den Fernsehpreis. Nun hält sie ihn triumphierend in den Händen. Schade eigentlich, dass sie am selben Abend von den Trümmern einer Raumstation erschlagen wird. Im Jenseits erfährt Kim, dass sie viel mieses Karma angesammelt hat: Sie wird als Ameise wiedergeboren. rororo 24455

Weitere Informationen in der Rowohlt Revue *oder unter* www.rororo.de

Mehr als Pizza, Pasta & Panini: So schmeckt Italien!
Uli T. Swidler bei rororo

Toskana für Arme
Liebeserklärung an ein italienisches Dorf

Voller Liebeskummer ist Max aus Deutschland geflohen und hat sich einen Traum erfüllt: ein Haus in Italien. Für die Toskana hat sein Geld nicht gereicht, so sind es die Marken geworden. Schon bald lernt Max den wichtigsten Menschen im Dorf kennen: Gino, früher Lastwagenfahrer, jetzt Maurer und immer schon Philosoph. Der führt ihn ein in das Wesen der Italiener. Max hat einiges zu lernen. Auch was wahre Liebe betrifft.

Der Poliziotto

Roberto Rossi ist ein Poliziotto. Er regelt den Verkehr in Urbino: 16.000 Einwohner, sehr italienisch, sehr malerisch – sieht man einmal ab von der Frauenleiche im Keller tief unter dem Palazzo Ducale.
Seltsamerweise wird ausgerechnet Roberto, der nicht übermäßig helle Streifenpolizist, mit der Aufklärung des Verbrechens betraut. Und das gelingt ihm am Ende, unterstützt von seinen Freunden, und auch mit Hilfe seines nervigen neuen Nachbarn – der sich als pensionierter Kripokommissar aus München entpuppt.

rororo rororo 24944

rororo 25398

Weitere Informationen in der Rowohlt Revue oder unter www.rororo.de